KB184106

죽음도
꿈이 될 수 있을까

제7집 시가 있는 에세이

죽음도 꿈이 될 수 있을까

이 정 홍

생각나눔

목 차

숨비소리, 잠을 깨우다

새해 아침 나에게 보내는 헌시

잠녀의 숨비소리, '호이'에
파도가 침묵으로 답하는
이곳

어두운 심연으로부터
잠녀처럼
바다를 뚫고 태양을 향해 솟구치고 싶다.

바다가 단호하게 말한다.
"너는 기다려라,
'포세이돈'이 문을 열 때까지."

이곳은 얼어붙은 어둠뿐인데
잠녀는 어디에 있는지?
어둠을 뚫고
솟구치려 힘껏 몸부림친다.

아, 바다가 열리고 한줄기 큰 빛이 보인다.
솟구쳐 오른다. "호이"
내 숨비소리에 잠녀가 환하게 웃는다.

8 죽음도 꿈이 될 수 있을까

그 화려했던 봄날

그는 갔습니다.
서슴없이 모든 것을 내려놓고
홀로 먼 길은
휘이휘이 그렇게 떠나갔습니다.

봄꽃이 지려면
아직 시간이 있는데
그것을 다 채우지 못하고

그 화려했던 어느 봄날에
꽃향기
술 향기 가득한 곳으로

시간의 흐름을 잠시 잊고 살았던
그 많은 날들이
그렇게 아름답다는 것을
우리는 이제야 알았습니다.

그대가
자연으로 돌아가는 날

아,
어디서 새로운 생명이 태어나는
울음소리가 들립니다.

가을에 만난 연인

가을 날씨치고는 조금 차갑게 느껴지는
어제
벼르던 이화리에 다녀왔다.

오래전부터
정원이 있는 집에서 사는 게 나의 꿈이었다.
꿈같은 꿈이지만
아마 모든 사람이 한 번쯤은 나와 같은 꿈을 꾸고 있지 않을까.

도심에서 정원을 만든다는 것은 소시민인 나에게 불가능한 일이다.
정원에 대한 꿈을 버리지 못해
도심에서 먼 곳으로 눈을 돌려 500평 정도의 땅에 주방을 중심으로
양쪽에 작은 방이 딸린 집을 마련했다.
내가 사는 집에서 60km 되는 곳에 퇴직 후를 생각하면서

잡풀이 무성하던 땅을
아내와 함께 조금씩 개간해 나갔다.
처음에는 채소밭에서
과수원으로
다시 정원수를 심었다.

이제는 제법 정원다운 모습을 갖추기 시작했다.

정년 후 23년 동안
내 생애 마지막 남은 열정을 아낌없이 불태웠던 곳.
더 이상 정원을 가꾸고 관리하기에 체력의 한계를 느끼기 시작했다.
관리하지 않고 방치하면 잡초 우거진 황무지로 다시 변할 것이 너무
나 분명해 고심 끝에 다른 사람에게 넘겨야만 했다.
다행히 오래전부터 나처럼 전원생활을 꿈꾸던 분이기에 더 멋진 정
원으로 가꾸어 달라는 부탁 아닌 부탁을 하면서 아픈 가슴에 상처
를 남기며 떠나야만 했다.

이화리를 떠난 지 일 년 남짓,
기대와는 달리 돌봄이 많이 필요한 듯하다.
그 모습이 쓸쓸함을 넘어 나무들에게 미안하다는 마음이 든다.
그래도 반가웠다.
오랫동안 헤어졌던 연인을 만난 것처럼 눈물이 핑 돈다.
초기에 심었던 단풍나무 고운 잎 새 갈바람에 흩날린다.

저 멀리 갈잎이 하얗게 흔들리고 마가 목, 호두나무, 계수나무, 자작
나무, 산수유, 매화나무와 작약과

모란 등이 나를 반갑게 맞아준다.

텅 빈 논 자락은 썰렁하다.

정원의 여왕으로 화려하게 치장했던 장미꽃은 그 빛을 잃어 더 많은 손길이 필요한 듯하다.

큰 변함이 없는 것은 처음 농장을 만들 때 심은 감나무에 대봉감이 주렁주렁하다.

가을이 깊어 감을 느낄 수 있다.

가을 햇살을 헤집고 불어오는 바람이 조금은 차갑게 느껴진다.

아, 가을이 얼마 남지 않았구나!

흔하게 들리던 뻐꾸기 소리도 들리지 않는다.

이미 남쪽으로 간 것인가.

때로 몹시도 미워했던 까치만 여전히 울어댄다. 내 방해로 집을 짓지 못했는데 참죽나무에 둥지를 틀었다.

마음씨 좋은 새 주인을 만났나 보다.

나 스스로 떠난 연인을 두고 돌아서는 발길이 무겁다.

기대에는 못 미쳐 아쉬움이 많이 남는다. 다시 찾을 것인가 말 것인가 잠시 생각한다.

그래, 가을 가고 겨울 가면 '강 건너 봄이 오듯이' 그렇게 찾아와야겠다.

아내의 위로

CGV 제1관을 나섰다.
비극적이지는 않지만 조금은 슬픈 영화다.
자리에서 일어선다.
마지막 장면 때문인가.
아니면 이유 없이 찾아오는 우울함 때문인가.
형용할 수 없는 복잡한 감정에 발걸음이 무겁다.

아, 오늘도 이렇게 끝나는구나.
한 발짝 앞서가는 노부부에게 시선이 간다.
나와 비슷한 나이
좀 더 젊은가?
반백이 넘어선 머리칼을 보며, 곱게 나이를 먹었다는 생각을 한다.

화장실,
나란히 서서 볼일을 본다.
말문을 연 건 나다.
"두 분 모두 영화를 좋아하시나 봅니다."
"네."
"그 나이에 함께 영화관을 찾으시는 모습이 정겨워 보입니다."
"그래요."

짧은 대화, 그것이 전부다.

어깨를 나란히 손을 잡고 가는 노부부의 모습을 한참 멍하니 서서 바라본다.

아내와 함께 자주 이 CGV를 찾았다.

아내의 걸음걸이로 집에서 15분 정도의 거리다.

아내도 영화를 좋아했다. 취향은 좀 달랐지만 늘 함께했다.

아내는 팝콘을 즐겨 먹는다.

당신은 영화보다 팝콘 먹으러 온 것 같다고 하면 그러면 안 되냐고 핀잔이다.

멍하니 서 있는 나에게 아내가 가만히 팔짱을 낀다.

아내는 함께 길을 걸을 때 팔짱을 자주 끼거나 손을 잡는 버릇이 있다.

내가 좀 민망해해도 아랑곳하지 않는다.

내가 말문을 연다.

"영화 어때, 감독상 받을 만한 작품 같은데."

대답이 없다.

"때로 비극적인 사랑이 아름답다는 생각이 들 때가 있는데."

말이 없다.

"커피 한 잔 할까?"

그래도 말이 없다.

영화관이 지하 3층에 있어 엘리베이터를 이용해 1층으로 가야 한다.

엘리베이터 앞에 섰다.

그리고 함께 탔다.

극장을 늦게 나온 탓에 탑승객은 나와 아내 둘뿐이다.

엘리베이터 문이 열린다.

내가 먼저 내렸다. 왼쪽 팔이 허전하다.

아내가 내리기를 기다렸다.

문이 닫힌다.

그러나 아내는 내리지 않았다.

스핑크스를 뒤로하고

사막의 별들이 아름다운 것은
잃어버린
신화를 만날 수 있기 때문이다.

사막과 나일과 신상을 찾아 떠나는
이집트

모래바람이 휩쓸고 간 자리에
신화는 기지개를 켜고
태양이 그늘진 곳에 스핑크스를 본다.

스핑크스!
그의 일그러진 눈빛에
순간 긴장하며 몸을 움츠리며

오늘의 그는
오늘을 사는 나에게 던질
어떤 수수께끼를 준비하고 있을까.

두렵다.
나는 테베(thebae)의 그 오이디푸스가 아닌데.

가장 중요한 사람

J 선생님으로부터 카톡으로 고 장영희 씨의 수필 한 편을 받았다.

글쓴이가 어떤 분인지 알지 못한다.

내용은 자신의 일상에서 겪었던 소소하지만 감동적은 일들을 담담하게 그려나간 글이다.

글 중에서 톨스토이의 질문 3가지를 소개하며 자신이 느낌을 잔잔하게 풀어나간다.

톨스토이의 3가지 질문

첫째는, 이 세상에서 가장 중요한 때는 언제인가?

둘째는, 가장 필요한 사람은 누구인가?

셋째는, 이 세상에서 가장 중요한 일은 무엇인가?

톨스토이는 이런 질문을 던지면서 자신이 그에 대한 답을 하고 있다.

이 세상에서 가장 중요한 때는 바로 지금이고,

가장 필요한 사람은 바로 내가 만나는 사람이며,

가장 중요한 일은 선을 행하는 일이다.

철학적이며 종교적인 그런 고준담론도 아닌 그냥 보통 사람들이 일상에서 겪는 일을 통해서 그 답을 말하고 있다.

각자의 생각에 따라 톨스토이의 답이 정답일 수도 있고 아닐 수도 있다.

자신의 인생관이나 세계관에 따라서 그 답은 다를 수 있고, 또한 자신이 처한 상황에 따라서 답은 언제나 다르게 나올 수 있다. 그리고 누가 어떤 답을 내놔도 그 또한 모두 정답이다.

톨스토이의 질문에 대한 답을 나는 이렇게 말한다.

가장 중요한 때는 아내가 내 곁에 가까이 있을 때고,

가장 필요한 사람은 아내다.

그리고 가장 중요한 일은 내가 아내와 함께 저녁을 먹는 일이다.

현재 내게 있어 이것보다 더 중요한 일은 없다.

아내를 멀리 떠나보낸 지 9개월이 된다. 엊그제 같은 데 벌써 그렇게 됐다.

아내 없이 보낸 시간들 중에서 가장 힘든 것은 외로움이다.

시간이 지날수록 아내에 대한 모든 것이 조금씩 잊혀가지만, 점점 깊어가는 외로움은 참을 수 없는 고통의 연속이다.

허무함과 외로움이 깊어지는 생활이 얼마나 지속될지?

그래서 삶에 대한 회의가 깊어가고 의욕이 점점 떨어지면 이것이 사는 것인가 하는 생각이 들기도 하고 때로 무서운 일을 상상하기도 한다.

항상 내 곁에서 웃고 화를 내는 아내가 내 가까이 있다면 나는 행복할 것 같다.

세상의 모든 이야기, 사소하고 소소한 이야기를 하며 함께 웃고 함께 슬퍼할 사람이 내 곁에 없다는 것, 그래서 외로움은 더 깊어가고 더욱 아내가 그리워진다.

아내보다 더 중요한 것이 있을까. 더군다나 이렇게 나이 든 나에게 있어 아내를 잃었다는 것은 삶의 전부를 잃어버렸다는 것이다. 내 생애를 통틀어 이보다 더 비통한 일은 없다.

세상의 모든 아내가 그렇듯이 내 아내도 나를 위해 많은 희생을 했다는 생각을 한다.

하루의 일상이 아내에서 시작되고 끝난다는 사실을 모르고 살아온 날들이 후회스럽다. 너무 늦게 깨달았다.

가장 중요한 일은 아내와 같이 저녁을 먹는 일이다.

하루 중 각자 외출했다가 저녁때 집에 돌아와 아내와 함께 저녁을 먹으며 그날에 있었던 일들은 이야기하며 밥을 먹는 것이 그렇게 행복할 일인지 몰랐다.

어둠이 깔린 저녁 시간에 외출했다가 현관문을 열었을 때 나를 맞는 것은 짙은 어둠과 싸한 찬 기운이다. 그 적막감이란 어떤 말로도 표현할 수 없는 아픔이다.

텅 빈 거실에서 나를 위한 저녁을 준비하고 혼자 밥을 먹는 것이 이렇게 쓸쓸하고 슬픈 일인지 미처 몰랐다.

더욱 절망케 하는 것은 이렇게 혼자서 밥을 얼마나 더 먹어야 하는지 그것이다.

시간이 지나 익숙해지면 평범한 일상이 되겠지, 적응하면 낫겠지 하지만 이것만은 그렇게 쉽게 익숙해지거나 적응될 것 같지가 않다.

시쳇말로 사는 게 사는 것이 아니다.

말을 하다 보니 이 또한 아내보다는 내 중심의 이기적인 생각만 한 것 같다.

톨스토이 3가지 질문에 답을 하면서 왈칵 아내에 대한 그리움에 눈시울이 뜨거워진다.

내일을 위한 변명

날짜변경선에서
지나가는 오늘보다
내일을 향한
심장의 울림을 듣는다.

울림에
잃은 것보다
더 많은 것을 찾아야 하는
시간의 알고리즘에

생명이 있는 모든 것은
오늘 속에
내일이 있어
오늘의 삶이 아름다운 것을

죽음도 꿈이 될 수 있을까

나는 생물학적 종교적 관점에서 죽음을 논할 생각은 없다.

과연 노인에게 꿈은 없는 것인가?

세대에 따른 꿈의 내용은 각각 다르겠지만 노인에게도 꿈은 실재한다고 본다.

다양성은 없지만 아름다움에는 젊은 날의 꿈과 같다.

내일 죽음을 맞는다 해도 꿈이 있는 사람과 없는 사람과는 삶을 대하는 태도에서 많은 차이가 있다.

진정 노인에게도 꿈은 있는가?

꿈의 원천은 무엇이며 어디서 오는 것인가?

내 꿈의 원천은 호기심에서 출발한다는 것이 나의 주장이다.

포유동물이나 조류의 어린 새끼들은 어느 정도 성장하면 굴이나 둥지에서 호기심 가득한 눈길로 바깥세상을 본다.

보이는 모든 것이 새롭고 신기해 새로운 세상을 보려고 위험을 모르는 체 호기심에 이끌려 굴이나 둥지를 나선다.

그렇다면 밖을 나서는 그들에게 펼쳐진 새로운 세계에 대한 꿈이나 희망이 있을까.

단언컨대 보는 것으로 끝난다.

호기심 자체로 끝나고 그것이 꿈으로 발전하지 못한다. 단지 그때그때의 생존본능에 충실할 뿐이다.

인간은 호기심만으로 끝나지 않고 호기심을 실현하려는 지능과 의지를 갖고 있다.

호기심을 현재 실현할 가능성이 없다 해도 인간은 호기심을 꿈이라는 이름으로 전환해서 언젠가는 실현하려고 의지를 가지고 노력한다.

인간이 다른 동물과 구별되는 위대한 점이다.

말했듯이 내 꿈의 원천은 호기심이다.

그 호기심이 정신적 성장과 맞물리며 꿈으로 발전하고 그 결과 호기심과 꿈은 서로 상호작용하며 내 삶에 생동감을 준다.

나는 죽음도 호기심을 가지고 본다.

나는 묻는다. 그렇다면 죽음도 호기심에서 꿈으로 발전할 수 있을까?

우리는 죽음 그 자체보다는 사후세계에 대한 호기심에 더 많은 관심을 갖고 생활한다.

죽은 후에 나는 어떻게 될까 하는 호기심.

그 호기심이 발전하여 승화된 것이 꿈이라면, 내 논리대로 하면 죽음도 꿈이 될 수 있다는 것이다.

내 꿈의 원천은 호기심이라는 전제가 있기 때문이다.

표현을 달리한다면 의학적인 죽음에 대한 그 한계를 넘어 우리는 사후세계에 더 많은 호기심을 갖고 있다는 것은 곧 그 호기심이 꿈으로 발전할 수 있음을 말해 준다.

죽음, 그다음 세계를 호기심을 가지고 본다면

종교인들은 천국에서의 영생을,

무신론자는 몸과 정신이 함께 소멸해 그 자체로 끝난다고 한다. 한 줌의 흙으로 돌아간다고 말한다.

나는?

나는 스스로 비종교인이며 회의론자라고 말한다. 종교는 없지만 그렇다고 반종교인도, 분명한 무신론자도 아니다.

이런 나의 종교관을, 삶의 태도를 비난한다면 나에게도 변명은 있다.

그 누구도 죽음을 경험한 사람은 없기 때문이다.

그래서 나는 시간이 갈수록 더욱더 사후세계에 대한 호기심으로 가득 찬 하루하루를 살고 있다.

우리는 정말 죽으면 천국과 흙으로 돌아간다고 확신하고 있는가.

단 한 번도 의심한 적이 없는가.

나는 죽은 후에는 과연 어떻게 될까.

그것이 나에겐 대단한 호기심이다.

호기심이 자연스럽게 꿈으로 전이 된다면 특히 꿈이 없이 사는 노인들에게, 그것은 분명 꿈이 될 수 있다는 것이 나의 생각이다.

죽음, 사후에 나는 어디 있을까. 한 번쯤은 마지막으로 가져볼 수 있는 호기심이다.

그 호기심이 곧 꿈으로 될 수 있음이다.

나에게 있어 이런 논리가 성립한다면 죽음도 꿈이 될 수 있다는 명제는 분명 참이다.

노년을 사는 사람에게도 꿈은 있다.

곧 죽음을 앞둔 사람에게도 사후세계에 대한 호기심, 즉 죽음이라는 꿈은 있다.

8월이 가는 소리

태양의 열기가
원형의 시간으로 회귀할 즈음
빛에 그을린 숲길 걸으며
얼핏 생각에 잠긴다.

어느 날 보이기 시작한
내일이 없는
내일이,
그러면 온몸이 시들해진다.

잠시 하늘을 본다.
삽상한 바람이 스친다.
웬 갈잎인가?
가을이 오는 조락의 징후인가 보다.

놀빛에 비쳐 본다.
선명하게 실낱같은 핏줄이
한군데로 모인다.

낙엽에 깊게 드리워진

작은 상흔들
여기에도 삶은 존재하는가 보다.

북촌 너머, 그 바람에 실려 온
갈잎,
아직 매미 소리 소연한데
8월의 하지선은 이미 기울고.

두드림의 미학

1992년 7월,
홀로 유럽 배낭여행을 떠났다.

독일 바이에른의 뮌헨,
벼룩시장에서
네모난 Armani 여성용 시계를 샀다.
10달러

함께하기가 몇 년인데
말없이 가끔가다 멈춘다.
손톱 끝으로 톡톡 치면 살아난다.

요즈음 마음의 시간이 멈춰 설 때가 있다.
그가 누구이든
탁탁 두드리면 맥박이 뛰고
생기가 난다.

시간은 늘 '스스로 그러하듯이'
살아있음에 감사한다.

제2의 삶

생사를 넘나드는 병마와 싸우다 또는 절체절명의 위기에서 극적으로 목숨을 구했을 때 사람들은 말한다.

제2의 인생을 산다고.

생명의 소중함을 말하고 신에게 감사하며 타인을 도우며 생을 긍정적으로 열심히 살겠다는 다짐과 함께 눈물을 흘린다.

실로 감동적이며 어떤 때는 나도 모르게 눈시울이 뜨거워진다.

고통과 좌절을 극복하고 제2의 생명을 얻은 것은 분명 큰 기쁨이며 축복이다.

살아있음을 기쁨으로, 자신은 물론 제2의 생명이 탄생하게끔 도와준 많은 사람들에게 감사한 마음도 잊지 말아야 할 것이다.

2019년 남녀의 평균 수명은 각각 80.3, 86.3세라고 한다.

그러니 건강하게 살다 80~90에 세상을 떠나는 것은 그리 슬퍼하거나 억울해할 일도 아니다. 왜냐면 거슬릴 수 없는 자연의 법칙이고 질서이기 때문이다.

자연에서 왔다가 주어진 생명을 소중히 관리하다가 나이 들어 조용히 자연의 품으로 돌아가는 것은 분명 아름다운 일이다.

그러나 나이 50~60에 갑작스러운 사고나 중병에 걸려 생사의 기로에 선다는 것은 크나큰 비극이다.

왜냐하면, 아직도 해야 할 일이 많이 남아 있는 나이기 때문이다.

자신은 물론 가족을 위해서도 그 나이에 세상을 떠난다는 것은 참으로 불행한 일이다.

그래서 생체 이식이나 큰 수술을 통해 새 생명을 되찾는다면 이는 분명 제2의 생명을 얻은 것으로, 새로운 삶을 준 자연에 감사해야 한다.

그런 경우가 아닌 또 다른 제2의 삶을 살게 되는 경우가 있다.

예를 들면, 사랑하는 남편이나 아내가 병이나 사고로 먼저 세상을 떠난 후 혼자 생활하는 경우 이 삶을 제2의 인생을 산다고 할 수 있을까.

생사의 갈림길에서 목숨을 구한 경우와는 전혀 다르다.

축하받을 일도, 기뻐해야 할 일도 또 자연에게 살아있음을 감사해야 할 일도 아니다.

삶의 비극적인 전환이 제2의 인생인 것은 맞지만, 이것은 전자의 경우와는 정반대의 상황이다.

아내가 떠난 지 벌써 10개월이나 지났다.

제2의 인생을 살고 있다.

하루하루의 생활이 무의미하고 참기 어려운 슬픔의 연속이다.

아내를 먼저 보낸 사람에게 가장 참기 어려운 고통은 무엇일까.

슬픔을 뛰어넘어 찾아오는 고통은 자책과 후회의 감정, 그리고 외로움과 그리움이다.

살아온 과정을 뒤돌아보며 자신을 질책하고 후회하는 일들로 가득하다.

얼마간의 시간이 지나면 엄습해 오는 증세가 바로 그리움과 외로움이다. 혼자 사는 사람에게 가장 무서운 병은 외로움에서 오는 우울증이다. 결국, 정신과 의사를 찾게 되지만, 증세가 호전되지 않으며 무방비 상태에서 고독사로 생을 마감하게 된다.

정신적으로 삶에 대한 의욕을 잃고 하루하루가 고통스럽게 느껴질 때 주변이 사람이 없으면 더욱 그 증세가 악화된다.

그래서 때로는 그것이 저주처럼 느껴질 때가 있다

사람들은 주체할 수 없는 그리움과 외로움 때문에 무기력한 상태가 오면 극단적인 생각을 할 때가 있다고 한다. '그럴 수 있겠구나.' 하는 생각이 든다.

먹고 잠자고 숨 쉬고 있어 살아있다고 할 수 있을까?

짝을 이뤄 사는 모든 동물에게 특히 인간에게 사랑하는 남편이나 아내가 먼저 세상을 떠나 홀로 사는 삶은 제2의 삶이 아니다.

젊은 때는 일이 있고 때로 새로운 사람을 만나 제2의 사랑도 할 수 있지만 80이 가까운 남자한테는 일도 없고 사랑도 없고 오직 있다면 죽음이 기까이 있을 뿐이다.

여자는 나이 들어도 남자와는 달리 사회관계망이 살아있지만 남자는 그마저 모두 단절되어 외로움이 더욱 크고 깊다고 한다. 맞는 말인 것 같다.

그 외로움이 삶의 중요한 하나의 요소이긴 하지만 그것은 절대로 피하고 싶은 비극적 요소다.

외로움을 즐긴다는 사람이 있을 수 있겠지만, 선뜻 받아들이기 어려운 일이며 적어도 나한테는 불가능한 일이다.

그래서 외로움은 외로움으로 끝나는 것이 아니라 고통과 절망으로 이어지는 것이다.

절망은 자기 상실이다. 그래서 때에 따라서는 정신질환으로 진행되기 때문에 노인들에게 있어 외로움과 그리움은 일상생활에 가장 큰 적이며 슬픔이다.

그로부터 벗어나는 길이 있을까.

신과의 관계를 통해서만이 가능하다고 키에르케고르는 말한다.

하지만 한마디로 없다. 있다면 죽음이 해결책이 되지 않을까 생각해 본다.

가을에 떠난 아내

11월 어느 날,
아내는
잠시 병상에 앉아 저무는 저녁 햇살을 받으며
잔잔한 눈길로
나지막하게 말한다.

"여보, 나는 가을에 떠나지 말아야 할 텐데."

언젠가 아내가 건강할 때
내가 이런 말을 했다고 한다.

"가을에 떠나가면,
남은 사람에게 두 배의 슬픔을 준다고
가을이어서, 사랑하는 사람을 잃어서."

아침 햇살이 병실에 가득한
그날
말없이 그윽한 눈길로
바라보는 아내의 얼굴이 평온해 보인다.
내 손을 잡은 손.

여전히 부드럽고 따듯하다.

"여보, 미안해 내가 가을에 떠나게 돼서."
"아냐, 당신은 내 곁에 오래오래 있을 거야.
아들 녀석 결혼하는 것도 보고."

창밖을 바라보는 아내의 엷은 미소가
더 없이 나를 슬프게 한다.
아들놈, 괜한 말을 했는가 보다.

며칠 후,
아내는 나를, 가을을 남겨 놓은 채 홀로 떠났다.

독백

운명이 나에게 준 것은

그는 내 무의식 속에, 내 안에 존재하며 내 의지와는 관계없이 항상 제멋대로 행동하며 나를 지배하고 있다.
그래서 나의 본질은 알맹이 없는 허상일 뿐, 모두 텅 빈 공의 상태다.
내 의지를 상실한 무의미한 시간 속에서 애써 탈출하려는 시도는 불가능한 일이다.
방법을 모색하지만 냉정하고 인정머리 없는 강요에 시간도 그의 편이다.

저항할 것인가, 순응할 것인가.
생존할 것인가 존재할 것인가.
어떤 결정이라도 하라는 것이다.
허울 좋게 내 선택을 기다린단다.
그건 그의 허울 좋은 독선이 주는 본능이다.

그가 각본을 짜고 연출하면서 나한테 모든 것을 위임했다고 한다.
그늘 늘 그런 식으로 나를 비난하거나 궁지로 몰아넣기 일쑤다.
꼭두각시놀음을 하자는 것이다.
"내가 꼭두각시면 당신은 무엇을 할 건데."
그는 빙긋이 웃기만 한다. 비웃음인지 즐거움인지 모를 미소를 여유를 부리면서 오만을 떤다.
그리고 뒤돌아선다. 냉혹하게 외면한다.

그것이 그가 나를 대하는 태도다.

나는 어디로 가야 할 것인가. 그의 각본과 연출하는 대로 할 것인가 맞설 것인가?

그는 침묵으로 조용히 받아들이라고 한다.

그것이 네가 존재하는 이유라고 말한다.

나는 오늘도 무대에 올라 연기를 한다.

내 삶의 주인인 것처럼 관객들 앞에서 연기를 한다.

그들은 나의 꼭두각시 연기에 박수를 치며 환성을 지른다.

그들도 미망에 빠진 건 나와 마찬가지다. 실상과 허상을 분별 못 하고 나와 하나가 된다.

아! 이 비극이여.

그는 무대 뒤에서 박수를 치며 흐뭇한 미소를 짓고 있다.

때로는 심술을 부리며 내 연기에 독설을 퍼붓는다.

자신의 의지가 무엇인지 관객들에게 나의 허상을 적나라하게 보여주어야 한다는 것이다.

나와 내 안의 의지는 어디 있는 것인지

이것이 그가 나에게 준 삶이란 말인가.

그는 나를 어떤 무대에 올린 것인가를 새롭게 기획하고 있다.

내 영혼마저 점령해 버린 그에게 내가 할 수 있는 일은
"순응할 것인가 저항할 것인가?"
"살 것인가 죽을 것인가?"
이미 정해진 답은 나와 있다.
그는 지금까지 나에게 어떠한 선택권도 준 적이 없다.
내 삶의 전체, 태어남과 죽음도 그의 것인데 아직도 미망에서 벗어나지 못하고 있는 것이 바로 나라는 사실이 더욱 비극적이다.

희망봉을 가다

2023년 4월 8일부터 2주일간 남부 아프리카 5개국, 즉 잠비아, 짐바브웨, 보츠와나, 나미비아, 남아프리카공화국 등을 여행했다.

이번 여행의 목적은 세계자연 유산인 남아프리카 공화국의 희망봉, 세계 3대 폭포인 잠베지 강의 빅토리아 폭포와 나미비아의 붉은 모래가 특징인 나미브사막 등이다.

그리고 국립공원으로는 보츠와나의 초베 국립공원과 남아공화국의 크루거 국립공원이 있다.

BBC가 선정한 죽기 전에 꼭 봐야 할 곳은 세계자연유산과 더불어 남아공화국 케이프타운의 테이블 마운틴(table mountain)이다.

그중에서도 꼭 가 보고 싶었던 곳은 희망봉, 빅토리아 폭포, 나미브사막, 빅토리아 폭포 등이다.

중학교 때부터 내 버킷리스트 중 첫 번째는 희망봉이다.

1488년 포르투갈 국왕이 아프리카 최남단을 발견하라는 명을 받은 바르톨로뮤 디아스가 항해 중 폭풍을 만나 표류하다가 발견한 곳(cape)이다.

처음에는 '폭풍의 곳'으로 불렸다가 후에 국왕의 명으로 희망봉(cape of good hope)으로 명명되었다고 한다.

인도를 향해 가려면 아프리카 남단 희망봉에서 뱃머리를 동쪽으로 돌려야 한다.

발견 당시에는 희망봉이 보이기 시작하면 꿈에 그리던 인도 대륙으로 갈 수 있다 하여 희망봉으로 부르게 되었다는 설도 있다.

참고로 우리들은 아프리카 최남단이 희망봉으로 알고 있지만, 지도
상으로 남동쪽으로 약 150km 떨어진 아굴라스 곶이다.

희망봉 정상에 올라 저 멀리 동쪽으로 인도양과 서쪽으로 대서양을
바라보며 잠시 벅찬 감동에 심장이 뛰는 소리가 들리는 듯하다.

초등학교 때부터 나는 희망봉을 꼭 가봐야겠다는 막연한 희망을 갖
고 있었다. 그 후 대학 때에는 반드시 가야 할 곳으로 굳어져 있었다.
그러니 어찌 감동하지 않을 수 있을까, 오랜 꿈 오랜 희망이 실현되
었는데.

아프리카 남단, 거리도 멀고 비용도 만만치 않은 곳이다. 그리고 단
체여행 상품도 최근에 개발되어, 이래저래 미루다가 이제야 비로써
희망봉에 대한 희망이 이뤄졌다.

수에즈 운하가 개통되기 전까지 반드시 아프리카 남단을 돌아 인도
양과 태평양으로 나갈 수 있었다.

특히 인도나 아시아 쪽으로 진출하려는 서구 열강들의 선박들은 희
망봉을 바라보며 항해하였으리라.

희망봉이 보이면 이제는 인도가 또는 유럽 내 고향이 머지않았다는
희망을 가지고 험난한 바닷길을 파도와 싸우며 오갔을 것이다.

그리스 신화의 판도라 상자에서 모든 악덕과 함께 겨우 튀쳐나온 희망.
프로메테우스는 우리에게 불을 주었고 동시에 희망을 준 신화 속의

그에게 감사하는 마음을 갖고 있다.

희망과 꿈이 없다면 우리의 존재의미도 없다. 우리는 꿈을 먹고 사는 존재다.

그래서 그가 누구이든 꿈이 없는 사람은 없다.

꿈은 시간이 걸릴 뿐 반드시 실현된다. 그것은 인류의 역사가 증명하고 있다.

우리는 알고 있다. 꿈꾸는 자만이 꿈을 실현할 수 있다는 사실을.

꿈이 실현되고 안 되고는 그다음 문제다.

역경과 고난 속에서 우리는 꿈에 대한 욕망은 더 크고 강렬하다. 그래서 우리의 생명은 유지되고 지속된다.

꿈이 없다고? 그것은 거짓말이다. 아이러니하게도 우리는 극단적인 상황에서 죽음이라는 꿈도 갖고 있다.

희망봉에 올라 인도양과 대서양을 바라보며 잠시 생각에 잠긴다.

다음 나의 꿈, 희망은 무엇일까?

꿈을 꾸고 꿈을 찾아 떠나는 이번 여행은 내 삶에 어떤 의미로 다가올까.

희망봉을 내려오는 발길이 가볍다.

나는 숨 쉬고 있는 그날까지 꿈을 꾸며 살 것이다.

자유와 고독의 관계

소리 없는 어둠 속에
홀로
존재하는 막막함이 생생하게
느껴졌습니다.

관계 속에서 존재를 확인하며 살고 있고
그래서 간혹,
아니 자주 느낄 수밖에 없는
근원적인 외로움

젊은 시절에 시끌벅적했던 주변이
이젠
고인 물 같아서일 겁니다.

한편의 무거운 시다. 짧은 글 속에 숨겨진, 긴 여운을 남기는 글이다.
철학의 경지, 삶의 의미를 말했다면 Y의 글은 단순한 생각의 범위를
넘어 사유의 개념까지 도달한 글이라는 생각이 든다.
Y의 글 속에
"관계 속에서

존재를 확인하며 살고 있고
그래서 간혹, 아니 자주 느낄 수밖에 없는
근원적인 외로움"
근원적 외로움이란 무엇을 말하는 것인가.
절대적 고독을 말하는 것인가? 그렇다면 절대적인 고독이란 또 무엇
인가?
혹시 이런 것을 말하는 것이 아닐까.
탄생과 죽음의 관계, 즉 혼자 태어나고 혼자 세상을 떠나야 하는 것,
종교인 이 말하는 인간의 의지가 미치지 못하는 신들의 의지라고 말
하는 것들, 혹은 그런 상황들을 우리는 절대 고독이라고 말하는 것
이 아닐까?
절대 고독의 반대말이 있을까. 흔히 우리는 상대적인 고독이라고 말
하곤 한다.
그러면 상대적 고독이란 또 어떤 의미인가.
모르겠다. 너무 범위가 넓어서 그렇다면 이렇게 생각하면 어떨까. 절
대적 고독 외에는 모든 것이 상대적 고독이란 말로 표현한다면.
상대적 고독이란 타인과의 관계 속에서 나타나는 모든 현상을 말하
는 것이리라.
그렇다면 Y가 말하는 근원적인 외로움이란 절대적 고독이 아니라 상
대적 고독을 말하고 있다.

인간은 사회적 동물이라고 한다. 그 말은 타인과의 관계 속에의 우리의 삶이 영위되고 있다는 것이다.

관계 속에서 벗어났을 때 우리는 고독하다고 한다.

나는 살아오면서 늘 자유롭게 살기를 원했다. 관계 속에서 누구에게 구속되지 않고 자신의 의지대로 살아가기란 거의 불가능하지만, 우리의 마음속에 존재하는 사유의 세계만큼은 늘 자유롭다.

비록 현실은 그렇지 못하더라도 마음속에서 모든 행위는 언제나 자유로운 것이다.

한편 철학적인 개념을 떠나 통상적인 우리 일상에서 벌어지고 있는 모든 일들이 관계 속에서 이뤄진다면 관계로부터 단절된 자유, 그 자유에는 조건이 있다.

외로움을 극복할 수 있는 의지가 있어야 한다.

관계를 떠나지 않고는 결코 우리는 자유를 가질 수 없다.

그렇다면 자유와 고독은 어떤 관계일까. 특히 그것이 상대적인 고독일 때 말이다.

근원적인 고독은 우리들의 영역이 아니고 종교의 영역이다. 반대말처럼 사용되는 상대적 고독은 우리 삶의 영역이기 때문에 자유는 반드시 고독이 따른다.

자유를 누리고 싶다면 고독도 함께 누릴 수 있는 힘이 길러져야 한다.

그러면 반대로 고독하면 자유로운 것인가.

관계 속에서 이뤄지는 고독은 자유롭지 않다. 관계 속에서도 우리는
고독하기 때문이다.

그래서 그 역은 성립하지 않는다.

자유로울 때 찾아오는 고독이 진정한 의미에서의 고독이다.

절대적이건 상대적이건 관계가 있건 없건 우리는 어떤 상황에 처해
있어도 인간은 고독한 존재다.

Y가 말한 '근원적인 외로움'이란 이런 것을 말하는 것일까.

판화

가을이 깊어 간다.
해가 지는 가로수 길을 걷는다.
낙엽을 밟으며
'꿈의 시체'라고 한 어느 시인을 기억한다.

과연 이 가을은 나의 무엇과 연결되어 있나.
죽음?
그것은 화제에서 이미 끝난 일이다.

다음은 어떤 연결고리를 찾아야 할까.
외로움?
너무 감상적이다.
일상이고 사치라고 머리를 흔든다.

굳이 연결고리를 만들어 낸다.
여행!
자연의 경이로움에 한때는 그런 줄 알았다.

찾다 보니 연결고리는 연기설까지 간다.
너무 현학적이고 종교적이다.

연결고리를 찾을 수 없다.

어제와 내일이 오늘이고
무상이라는
소비된 시간의 껍질만 쌓여 가는데.

가을의 내 연결고리는
판화에 찍힌
2022. 10. 28.
289/365라는 숫자일 뿐이다.

하얀 나비는 날고

오후 한낮
숲길을 따라 홀로 걷는다.
어디서 내려왔는지
흰나비 모자 위에 조용히 내려앉는다.

모자를 벗어 든다.
시선이 서로 마주치자
더듬이가
나에게 무슨 말인가 한다.

바람결에 스치듯
숲길을 어지러이 날다가
나무 그루터기에 내려앉는다.

못다 한 말이 있는 자
그의 더듬이가 분주하다.

나는 신기가 들린 듯
온 몸이 떨리고
나비는 숲 사이를

한줄기 빛을 향해 높이 비상한다.

하얗게 하늘길 열리고
내 앞까지 다가온
그 길에, 하얀 나비는 보이지 않고.

3명의 여인

인구비율은 보면 대체로 남녀의 비율은 비슷하다.

내가 성인이 되어 하루 종일 아니 지금까지 만난 사람 중 1/2 여인이다.

그 많은 여인들 중에서 우연히 마주친 여인 3명의 모습이 지금까지 기억에 남아있다.

왜 이토록 오래 기억되는 것일까?

그 만남이 특별해서일까? 아니다. 그냥 일상적으로 누구에게나 일어날 수 있는 일이다.

첫 번째 여인은 1969년 취직 후 처음 맞는 휴가다. 오래전부터 가고 싶었던 울릉도를 여행지로 택했다.

여행 계획은 도보로 성인봉(983m)을 가운데 두고 5각형의 섬 전체를 일주하고 나리분지와 성인봉에 오르는 것이다.

당시는 자전거나 리어카 등 바퀴 달린 이동수단 없었던 때였다.

내가 그 아가씨를 만난 것은 저동항에서 삼선암으로 가는 길가 외딴집에서다.

한여름 태양의 열기와 좁고 울퉁불퉁한 언덕길 넘기를 수차례, 잠시 쉬어가고 목도 축일 겸 길가 어떤 외딴집을 들어가 주인을 찾았다.

대답이 없어 돌아 나오려는데 인기척에 고개를 돌렸다.

나온 사람은 뜻밖에 아가씨다.

조심스럽게 "물 좀 마실 수 있을까요?"

아무 말 없이 고개를 숙인 채 부엌에서 하얀 사발에 물그릇을 들고 나와 고개를 숙인 체 물그릇을 내게 내민다. 시원하게 물을 마시고 물그릇을 내밀며 아가씨한테 고맙다는 인사를 하는 순간 고개를 들은 그녀와 눈길이 마주쳤다. 하얀 얼굴에 큰 눈과 흰색 저고리에 까만 치마의 아가씨, 토속적인 자연스러움이다.

"이 길로 가면 삼선암으로 갑니까?"

"네." 짧은 대답을 받는다.

그것이 전부다. 미소 뒤에 숨은 수줍음이 아름답다

그 수줍음이 순간적으로 내게 깊은 인상으로 남아있는가 보다.

파인 김동환의 「웃은 죄」를 생각한다.

두 번째 여인은 영남 알프스의 산군에 속해 있는 운문산 운문사를 찾았을 때의 일로 2021년 5월 펴낸 산문집, 『종려나무와 새와 사람들』에 소개된 '젊은 비구니'에 관한 이야기다.

그 내용 중 한 단락만 옮겨 적는다.

"내 옆자리에 젊은 비구니와 뒷좌석에 아주머니와 촌로 한 분뿐, 차내는 썰렁하기 그지없다.

자연스럽게 앉아 있는 비구니의 옆모습에서 어떤 순결함을 보는 듯하다.

선(禪)과 선(善) 그리고 선(線)의 조화! 이것이 젊은 비구니에게 받은 첫인상이다.

오십여 명의 비구니만이 수도하고 있다는 운문사는 한마디로 말해 삼독의 불길이 모두 꺼져버린 열반의 세계처럼 보인다.

뜻밖이었다.

관음전을 나오는 그 젊은 비구니와 마주쳤다.

잠시 입술에 미소가 번진다. 정말 짧은 순간이었다.

관음의 미소라면 지나친 표현일까.

젊은 비구니의 미소는 과연 어떤 미소였을까.

이심전심의 미소였을까. 아마 내가 죽는 날까지 풀 수 없는 화두로 남아있을 것이다."

세 번째 여인은 1992년 여름, 유럽 배낭여행 중 눈길을 통해 순간적으로 만난 여인이다.

열차로 브뤼셀에서 암스테르담을 거쳐 초등학교 때부터 꿈에 그리던 파리에 도착했다.

6·25 전후 덴마크와 더불어 4나라는 동화의 나라처럼 생각하던 때이다. 현재도 그렇지만 누구나 한 번쯤은 동경하는 예술과 낭만의 도시, 파리를 가장 가고 싶어 한다.

파리에 왔다는 것이 감동적이다.

파리의 퐁피두센터의 관람을 마치고, 여행자 수표(Traveler's Check)를 프랑화로 환전하기 위해서 부근에 있는 환전소를 찾았다.

여행자 수표는 여행자들이 현금을 휴대함으로써 발생하는 위험을 방지하기 위하여 고안된 수표로서 매장에서 현금처럼 사용하거나 환전소에서 현금으로 교환할 수도 있다.

2020년을 끝으로 중단되었다고 하지만 당시에는 해외여행자들이 많이 이용하는 수표다.

실내는 아담했고 젊은 두 여직원이 환전 업무를 하고 있다. 환전하려는 사람 서너 명이 차례를 기다리고 있었고, 나도 그 뒤에 서 있었다.

내 차례가 되어 프랑으로 환전하고 있었는데 나도 모르게 얼굴에 따가운 시선을 느꼈다.

고개를 돌리는 순간, 옆에 서 있는 여직원과 시선이 마주쳤다.

그녀는 무엇을 훔쳐보다 들킨 듯 흠칫하며 얼른 시선을 떨군다. 나도 시선을 돌렸다.

평균적으로 작아 보이는 키에 수줍은 뜻한 얼굴 표정이 순간적으로 아름답다고 느껴졌다.

낯선 이국땅에서 처음으로 눈길이 마주친 파리의 여인!

그것이 전부다. 출입문을 나서며 고개를 돌려 그녀의 모습을 뒤돌아볼까 하다 그만두었다.

그런데 그녀의 그 순간의 모습이 기억 속에 깊게 남아있을 줄은 여행을 마치고 돌아와서야 비로소 알게 되었다. 왜 그랬을까. 곰곰이 생각해도 잘 모르겠다. 프랑스 여인에 대한 관심?

그것으로는 설명이 부족한 듯하다.

이렇게 울릉도와 운문사, 파리의 환전소에서 순간적으로 눈길이 마주쳤던 3명의 여인의 모습이 희미하지만, 지금까지 남아있다.

그녀가 보낸 SNS

"늦은 시간에 집에 돌아오는 날
현관문을 열었다.

나를 맞이하는 건 정적과 어둠뿐
돌아왔을 때
반갑게 맞이해 주는 모습을
그리워하며
어디론가 떠나는 건지도 모릅니다.

이제 정적 속에서
그리운 소리를 듣고
어둠 안에서
그리운 모습을 찾을 수 있는
능력을 길러야겠다는
생각이
마음 저리게 자리 잡습니다."

함께 몇 년간 같이 근무했던 글솜씨가 탁월한 어느 직원이 보낸 문
자다.
처음에는 그냥 글에 담긴 시적인 문장이 좋아서 거듭거듭 읽었다.

음송하기도 했고 때로 소리 내어 읽기도 했다.

그다음은 그 글의 담긴 뜻을 알기 위해서 몇 번이고 거듭거듭 읽었다.

왜 이런 글은 보냈을까?

아무리 생각을 가다듬고 읽어봐도 잘 이해가 가지 않는 글이다.

"안광이 지배(紙背)를 철(徹)한다." 하는 말도 소용이 없는 듯하다.

그냥 단순히 시적인 영감 때문인지,

아니면 그녀의 생에 어떤 아픈 일이 있었는지.

후자라는 생각이 든다.

어느 날 모임에서 얼핏 자신도 모르게 한 말이 퍼뜩 머리에 떠오른다.

남편의 건강이 좋지 못하다는 말.

그 말을 들은 지 꽤 오랜 시간이 지났다.

혹시 남편이? 모임에서 만났던 그 누구도 그녀의 신상에 관해서 아는 사람이 없다.

지병이 코로나로 악화돼서?

머리를 저어보지만 그렇지 않고서는 나한테 이런 가슴 저리게 아픈 글을 보낸 이유가 없다는 생각이 든다.

코로나가 극성을 부리던 시기라 그녀의 성격상 누구에게도 알리지 않은 것이 아닌가?

그런 불행한 일이 있었다면 있는 그대로 말해도 되었을 텐데.

온갖 의문투성이다. 생각이 꼬리에 꼬리를 문다.

생사의 문제를 직접 전화로 물어보기도 그렇다. 그런 일이 없었다면 그다음 말이 생각나지 않는다.

현재 모임은 중단 상태다.

코로나가 잠잠해 지고 정상적인 일상으로 돌아와 다시 모임을 갖게 된다면 알 수 있겠지 하며 이런 결론을 내린다.

아내를 먼저 보낸 슬픔의 글을 보낸 적이 있는데 위로의 글이겠지 하는 생각을 한다.

진정 그러기를 바라는 마음이다.

모란 시장에서

the hue에서 친구들을 만났다.

늘 하는 그 이야기가 그 이야기다.

다리에 힘이 빠진다.

귀가 잘 들리지 않고 눈이 침침하다.

무릎과 허리가 아프다는 등.

대체로 육체적 고통과 관련된 이야기가 점점 많아진다.

나도 동참한다. 기꺼이

돌아오는 길, 쓸쓸한 기분으로 전철 안에서 혼자 생각한다.

나는 오늘 무슨 대화를 했지?

모임에서 삼가야 할 이념이나 종교문제로 가끔 논쟁을 벌일 때가 있
지만 대체로 정치, 건강, 죽음이 빠지지 않고 계속되는 우리들의 대
화의 주된 내용이다.

오늘도 전날과 다름없다.

그런데 나는 요즈음, 몸보다 마음이 아픈 날이 연속되고 있다.

지난 일을 소환해서 자책하고 후회하고 반성한다. 그래서 죄책감
에 시달려 고통스러운 하루를 보내게 된다. 털어놓으면 마음이 좀 가
벼워지련만 못하고 있다.

특별히 비밀스럽지도 않은 이야기를 한마디도 쏟아낼 용기가 없는 것이다.

진정 털어놓으면 고통에서 벗어나 안정을 찾을 수 있을까.

다를 사람들이 해결할 수 없는 나만의 힘든 문제들도 있다.

나 스스로 그 난제들을 만들고 그 안에 갇혀 있는 것이라는 생각이
들기도 한다.

그들이 나의 비밀스러운 난제들을 공개했을 때 공감할 수 있을까?

그럴 가능성이 희박하다는 생각이 든다.

그들이 생각했을 때 자신들의 사고의 틀 안에서 바라보았을 때 사치
라고 말할 수도 있고 너 자신이 초래한 고통이라고 말할 수도 있다.

무슨 그런 일로 고통받고 괴로워하느냐고, 다 내려놓고 단순하게 살
라고 핀잔 아닌 핀잔을 들을 수도 있다

너는 생각이 많은 것이 탈의 원인이라고 하는 말도 빠트리지 않고 할
것이다.

그래서 털어놓고 말할 용기도 내려놓을 자신도 없다.

어차피 노년의 삶이 겪어야 하는 일이고, 내가 짊어지고 가야 할 고
통이라면 굳이 털어 내거나 피하고 싶지 않다.

그런데 요즘 와서는 잠시나마 고통을 치유할 수 있는 장소를 발견했다.

모란 5일 장터와 가락시장이다. 이곳에 가면 답답하고 예민했던 마
음이 수그러들고 안정을 찾을 수 있다.

오늘은 모란 장날이다.

가벼운 옷차림으로 시장에 들어섰다. 지하철에서 내려 장터까지 가
는 길에 사람들로 혼잡하다.

성남시민을 물론이고 강남이나 송파를 비롯한 강동 용인 지역에서도

오는 사람들도 있다.

필요한 물건을 사러 오는 사람도 있지만 옛날 장터에 대한 향수 때문에 구경삼아 오는 사람도 많다.

그러니 사람들로 붐빌 수밖에 없다.

가끔은 젊은 사람들로 보이지만 대체로 나이 지긋한 노인분들이고 남녀의 비율로 보았을 때는 여자분들이 더 많은 것 같다.

서민들의 시장이다 보니 물건의 질은 그리 좋아 보이지는 않지만, 가성비만은 좋은 것 같다.

계절에 따라 조금씩 다르지만 11시에서 2시 사이가 가장 혼잡하고 거래가 많아지며 활기차게 돌아간다.

나는 사람들 틈이 끼어 이곳저곳을 다니며 한참 서민들의 살아가는 모습을 체험하듯 여기저기에 머리를 내밀며 시간 가는 줄 모르고 구경에 몰두한다.

치열한 삶의 현장이란 말은 적어도 이 장터에서 맞는 말이 아닌 것 같다.

평화스러운 일상 가운데 활기치게 살아가는 사람들의 모습이라는 표현이 더 적절하리라.

장터를 찾은 모든 사람들이 적어도 이 시간만큼은 시름을 다 내려놓고 물건을 팔거나 사는 데 열중한다.

나 역시 모든 고민과 잡생각을 벗어 놓고 구경하기에 바쁘다.

장마당 끝자리에서 뻥튀기는 곳에 펑하는 소리가 들리는 순간 하얀 김이 뭉게구름처럼 하늘로 올라간다.

이곳을 찾는 모든 사람들의 시름이 펑하는 소리에 놀라 구름처럼 흩어지며 하늘로 사라진다.

나 역시 무언지 모르게 펑하는 소리가 잡된 생각들을 토해내는 듯 마음이 후련해진다.

정오가 가깝고 한참 걸어서 그런지 배가 고프다. 칼국수를 파는 곳으로 향했다.

대기하는 사람이 있을 정도로 붐빈다. 임시로 만든 테이블과 의자에 앉아 여러 사람과 함께 즉석에서 만든 칼국수를 먹는다.

뜨겁다. 땀이 난다. 끈적한 땀으로 내 마음을 괴롭힌 온갖 번민들을 마구 쏟아 냈다. 온몸이 가볍고 후련해진다. 함께 칼국수를 먹고 난 사람들의 얼굴에서 밝고 만족스러워하는 표정을 읽을 수 있다.

행복해 보인다.

시름, 그것 아무것도 아닌 것 같다. 펑하는 소리에 맡기고, 흐르는 땀으로 내보면 된다.

늘 들어오던 원효대사의 일체유심조라는 말이 생각난다.

사랑을 한다면

긴 여행 끝에 오는 시차 때문인가
너무 피곤해서일까.
잠이 오지 않는다.

wild mountain thyme
아일랜드의 푸른 초원에서
사랑을 엮어가는
한 편의 수채화 같은 영화를 본다.

넓은 초원이 눈에 어른거린다.
잠은 더 멀리 사라지고,
혼자라는 외로움에 빠져든다.

갑자기
나도 사랑을 할 수 있을까.
주인공들처럼
환상 속에서라도

사막에서 타들어 가는 목마름으로
절규하다 미라(mirra)가 된 사랑을

온몸을 불태워 한 점의 재가 되는 그런 사랑을
타오르는 열정에 심장에서 불꽃이 터져 불꽃이 되는
사랑을

처절한 상처를 남긴 폭풍우 같은
사랑 앞에
죽음을 포기하지 않는 사랑을 하고 싶다.

언젠가
온몸을 불사를 운명적인 사랑을
꿈꾸며
밤으로의 긴 여행을 떠난다.

큐피트의 화살

오늘, 아침 산책을 나섰다.
초가을 바람이 싱그럽게 얼굴을 스친다.
도토리 떨어지는 소리가 아침 공기를 흔든다.

나는
이런 가을을 몇 번 더 맞이할 수 있을까.
잠시 걸음을 멈추고 하늘은 본다.
맑고 투명하다.
인간의 영역이 아니니 잊기로 한다.

태어날 때
나는 몇 개의 큐피드의 화살을 받았을까.
외로움 때문일까.
또 생뚱맞은 생각을 한다.

왠지 두 개쯤 받은 것 같다.
하나는 이미 활시위를 떠났고
남은 화살은 하나가 있다.
아직 대상을 찾지 못해 망설이다
지금까지 갖고 있다.

시간이 나에게 귀띔을 해 준다,
너에게 더 이상 미룰 시간이 없다고.

이번 가을을 넘기지 않기로 했다.
그런데 누구를 향해 활시위 당기지?
머리에 떠오르는 사람이 없어 슬픈 생각이 든다.
무작정 하늘을 보고 쏘아야겠다.

그건 아닌 것 같다.
생의 마지막 화살을 그렇게 의미 없이 사용할 수는 없다.

몸도 마음도 점점 지쳐가는 지금,
가슴 저 깊은 곳에 숨죽이며 웅크리고 있을
열정을 향해
마지막 화살을 쏘아야겠다.

유아세례

오늘은 1주일에 한 번은 꼭 만나는 4명의 친구와 선릉에서 점심을 함께했다.

토, 일은 예식장으로, 평일은 직장인들을 상대로 점심시간에만 문을 여는데 뷔페식이다.

음식도 정갈하고 맛깔스럽다.

젊은 직장인들이 대부분이지만 우리 같은 노인들도 드물지 않게 이용한다.

무엇보다도 좋은 건 점심시간이 지나도 공짜 커피를 마시며 오래 머물 수 있다는 점이다.

오늘 만나면 종교에 관한 이야기는 안 했으면 했는데 기대는 희망 사항으로 끝났다.

그 친구는 대화의 출발이나 끝이 모두 신앙적인 것에 결부시켜 말하곤 한다.

친구 K는 성당에 열심히 나가고 신앙심이 깊다.

C는 성당에 비교적 열심히 다니는 친구다. 다른 K는 부인이 열심인 것에 비해 자주 미사에 빠지는 듯하다.

나는 무신론자라는 말보다는 비종교인이라는 표현을 자주 쓴다.

어떤 차이가 있을까. 같은 말이 아닌가 하는 생각도 든다.

그러니 K의 선교의 대상은 나일 수밖에 없다. 기회만 있으면 성당에 다닐 것을 끈질기게 권하는 친구다. 나를 위해 신앙인의 길에 들어서

기를 바라는 마음이 너무나 진실 되다.

나의 종교관에 대해서도 분명 말했는데 집요하게 설득한다.

하나님을 믿고 신앙을 가지라고.

어느 특정 종교에 대해 비판하지는 않지만 모든 종교 그 자체에 대해서 조심스럽게 비판하기도 한다.

그러나 요즘은 그런 말도 삼가는 편이다.

그 친구는 이런 내 태도에 대해 어리석고 생각이 꽉 막힌 놈이라고, 그래서 안타까움과 때로 연민의 정을 갖고 나를 대하는 것 같기도 하다.

우리 집안에서는 할머니가 유일한 천주교 신자이시고 손자 중에서는 내가 유일하게 유아세례를 받았다고 한다. 사실 나는 프란체스코 (1182-1226)라는 유아 세례명을 갖고 있다. 이탈리아 가톨릭교회의 성인으로 음역해서 방지거다.

따라서, 세례까지 받은 내가 종교를 갖지 않는 것은 할머니에 대한 불효임을 강조하며 나를 몰아세우기까지 한다.

그는 내가 너무 안쓰럽고 불쌍한가 보다. 천국의 문이 열려 있는데 발로 차버리고 있다는 것이다. 한 번 용기를 내어 종교의 문을 열고 그 안으로 들어와 보라는 것이다.

그러면 새로운 세계가 기다리고 있을 것이며 네 삶은 하느님 품에서 더욱 평화와 안정을 찾을 것이라고.

이성적이고 논리적인 태도를 버리고 무조건 한 번 하느님의 세계로
들어오면 아마 나에 대해서 고맙게 생각할 것이라고. 자기가 이렇게
까지 말하는데 잡다한 생각을 버리고 과감하게 용기를 내어 신앙의
세계로 들어오라는 것이다.

성스러운 하느님의 품으로.

그런데 나는 그에게 차마 말은 못하지만 친구에게 이런 말을 하고 싶다.
종교라는 구속에서 벗어나 문을 열고 종교가 아닌 세계로 나와 더
넓은 세상과 자기 자신을 돌아보라고. 종교의 틀에서 갇혀 살지 말
고 자유롭게 다른 세상을 경험하라고. 비종교인의 삶도 충분히 살만
한 가치가 있다는 것을.

결론이 나올 수 없는 나와 그와의 종교관에 관한 이야기다.

누가 옳고 그르고도 아니며 제3자가 법관처럼 판단할 일도 아니다.

자기 인생관 세계관 속에서 자신의 길을 가는 것이다. 그것은 누가
강요하거나 설득의 문제도 아니다. 아주 자연스럽게 자기의 길을 가
면 된다.

얼마 남지 않은 생을 앞두고 있는 사람에게 사상의 전환은 그리 쉬
운 일은 아니다.

그렇지만 죽음을 앞에 둔 비종교인이 신앙의 세계로 들어가는 일은
아주 흔하고 바람직하다고 생각한다.

그 길이 어쩌면 많은 사람들이 죽음이라는 공포로부터 해방될 수 있

는 유일한 길인지도 모른다.

나도 그런 사람 중의 한 사람이 될 수도 있다. 세상일을 누가 알겠는가마는 지금 이 시간만은 그런 변화를 기대하기 어려울 뿐이다.

나는 요즘 그 친구를 만나도 종교에 관한 것이라면 별로 할 말이 없다. 그도 변하지 않은 것이고, 나도 변하지 않을 테니까.

전처럼 반박하거나 비난하지도 않는다. 그냥 듣기만 한다. 그래야 그 친구와 더 오래 만나 종교가 아닌 다른 일로 서로 즐거운 대화를 하며 웃고 즐길 수 있기 때문이다.

그는 항상 나를 위해 기도한다고 한다.

그래서 내가 이만큼의 몸과 마음의 건강도 유지하면서 살고 있는지 모른다.

친구야 고맙다, 그리고 미안하다.

할까 말까, 살까 말까

인간의 삶은 선택의 삶이다.

시간의 길고 짧음과 관계없이 우리는 생존하기 위해서 무언가 반드
시 선택해야 한다.

선택의 삶, 그것이 인간의 속성이고 운명이다.

그 선택에 대한 책임은 물론 선택한 사람에게 온전히 돌아간다.

이런 말이 있다. 할까 말까 할 때는 하고. 살까 말까 할 때는 사지 말
라.

할까 말까는 정신적인 관점에서, 살까 말까는 경제적인 문제로 볼
수 있다.

물론 이 말이 모든 일에 준거가 될 수는 없다. 상황별로 늘 다르게
선택해야 하기 때문이다.

그래서 단지 삶에 대한 생각이나 행동에 참고하라는 말로 해석하는
것이 올바르리라.

전에도 그랬지만 요즘 와서는 결정을 못 하고 머뭇거릴 때가 많다.

특히 할까 말까보다는 살까 말까 할 때가 더 많아졌다.

여러 가지 이유가 있겠지만, 시간에 관한 것이다. 더 정확히 표현한
다면 나이와 관계가 있다.

80이 넘으면서부터는 할까 말까의 대상이 거의 없어 별로 망설일 일
도 없는데 살까 말까는 그렇지가 않다.

그것이 내 우유부단한 성격에서 오는 것이겠지만 요즘에는 반드시

그런 것만은 아닌 것 같다.

먼저 할까 말까는 모든 일에 관심과 의욕이 없다. 하고 싶지가 않고 귀찮다.

어떤 일을 감당해 낼 수 있는 몸과 마음이 나약해졌기 때문이다.

내 나이에 맞는 사소하고 소소한 일들은 제외하고 내 삶에 어떤 큰 변화를 가져오는 일들을 말하는 것이다.

젊었을 때는 할까 말까 망설여질 때, '하라'라는 말은 불확실하지만 과감하게 선택할 수 있으나 나이가 들면 확신이 들어도 선뜻 그 말에 따르기가 어렵다.

노인들에게 어떤 모험을 하거나 위험을 감수해야 하는 일에 대해 '하라'라는 말은 적용되기 어려운 말 같다. 대부분의 노인들은 그냥 현상유지가 최선의 생존 방식이라고 생각한다.

할까 말까는 의지의 문제이고 살까 말까도 비슷한 개념이지만 여기에는 경제적 문제가 개입한다.

아내가 투병 생활하는 중에도 장보기는 내 담당이지만 세상을 떠난 후는 온전히 내 몫이 되었다.

장보기뿐만 아니라 일상 생활용품을 살 때 항상 이런 고민을 해야 한다.

내가 필수적으로 꼭 필요한 옷이나 공산품 등을 살 때 사야 할까 말아야 할 까로 망설여질 때가 있다.

그 망설임은 지금 사용하고 있는 것을 새것으로 바꿀 때가 더욱 심하다. 있는 것 그냥 사용하자는 생각과 얼마 남지 않은 삶인데 새것으로 바꿔야 한다는 생각이 충돌해 머뭇거리기라 일쑤다.

요즘 세대는 옷을 새로 살 때 유행이 지나서 또는 싫증이 나서 바꾸는 경향이지만 우리 세대는 유행을 따르는 것은 사치라고 생각했기 때문에 그에 따르는 것은 그리 쉽지 않은 결정이다. 아직도 그런 습관이 남아있어 지금도 옷은 웬만하면 잘 사지 않는 편이다.

새 옷으로 바꾸자고 결정해도 문제는 또 있다.

고급스러운 비싼 옷을 살 것인가, 아니면 좀 품질은 떨어지지만 저렴한 가격의 옷을 살 것인가. 이때 또 선택이 어려워진다. 망설여진다.

얼마 남지 않은 시간인데 가성비가 큰 것보다는 가격이 높은 쪽을 구입하게 된다. 그렇다고 세계적인 명품과는 거리가 먼 이야기다.

내 경제력에 넘치는 낭비라는 생각이 들지만 때로 그 선택에 후회하지 않는다.

그것은 식품을 구입할 때 더 심하다. 가급적 신선하고 좋은 먹거리를 사자는 생각이 우선한다.

얼마 남지 않은 삶인데 내가 이렇게 절약해서 무엇을 할 것인가.

한 번뿐인 삶인데!

이런 생각을 앞세워 나의 행동을 합리화하거나 정당화할 때가 점점 많아지고 있다.

이런 생각은 옷이나 먹거리에 그치지 않고 내 생활 전반에 걸쳐 나타나고 있다.

요즘 와서 할까 말까 할 때는 하지 말고, 살까 말까 할 때는 사라는 것으로 선택의 기준이 달라졌다.

여기에는 내 경제력이 감당할 수 있는 범위 내에서 행해짐은 물론이다.

왜 이렇게 됐을까?

시간의 문제, 곧 나이 듦이 빚어내는 결과라는 생각밖에 들지 않는다.

끝으로, "You only live once life." 최근에는 이 말이 내 생각과 행동을 좌우할 때가 많다.

사막에는 길이 없다

아프리카 나미비아의 나미브 사막에서

사막에는 방향은 있어도 길은 없다.
가는 길이 곧 길이다.
그래서 길을 잃지 않는다.

정해진 길 없이 자유롭게 가는 길
그게 진정한 내 삶의 길이다.
그런 길이 있을까?
생각에 의문이 든다.

태양이 기울고
어둠 사이사이를 산산이 부서져 내린 별빛 따라
사막을 홀로 걷다가 잠시 주위를 둘러본다.

여기가 어디쯤인가.
하늘은 본다.
별들도 길이 있을까?
왜 사막은 달보다 별이 더 아름다울까.

『어린 왕자』를 만났다.
당신의 길은?

74 죽음도 꿈이 될 수 있을까

그의 입가에 잔잔한 미소가 번진다.

말한다.
"사막에는 길이 없다.
태양과 바람과 별, 그리고 달빛에
음영이 깃든 선, 선이 있을 뿐."

"지금 가고 있는 그 길,
수없이 많은 길을 길이 아니다.

방향만 있다면 길을 잃지 않을 것이니
어느 때인가
쉬임 없이 하나의 별을 향해 걸을 때
비로소 너의 길이 보일 것이다."

그가 나에게 묻다

잠시 돌아서서 아득히 멀어져간
길은 본다.
여기 아무도 없는데
나를 초대한 것은 그였다.

그가 힐난하듯 묻는다.
"진정 누구를 사랑한 적이 있느냐?"
잠시 생각해 본다.
"내가 누구를, 사랑한 적이 있든가
그냥저냥 당신과 함께했는데."

이어지는 그의 말
"가슴 떨리고
심장의 피가 모두 혈관으로 빠져나가는
그런 사랑 말이다."

심장과 피와 사랑?
표정 없이 그를 바라본다.

"내가 목숨을 건 사랑을 한 적이 있었던가요?"

머뭇거리며 그에게 반문한다.
그럴 줄 알았다는 표정이다.
미소 뒤에 숨은 비아냥에 침묵한다.

계속되는 그의 말
"지금 가고 있는 곳이 어디냐?"
나는 버럭 화를 냈다.
"그곳은 당신이 더 잘 알고 있지 않습니까?"

그의 엷은 미소가 나를 슬프게 한다.

국화와 장미

어제는 친구의 조문을 갔다.

갑자기 그리고 순서 없이 떠나는 친구의 장례식장을 찾는 일이 최근에 와서 잦아지고 있다.

늘 그렇듯이 살아 숨 쉬고 있다는 것이 무엇인가 하는 생각을 해 본다. 슬픈 일이다.

나는 비종교인이기도 하고 옛날 사람이라 전통방식인 향을 피우고 절을 한다.

요즘은 향을 피우기보다는 하얀 국화꽃을 영정 앞에 놓는 것으로 대체 되는 것 같다.

부모님과 아내가 세상을 떠났을 때 국화로 제단을 장식하고 향도 피우고 천주교나 기독교인들을 위한 하얀 국화꽃도 준비했다.

몇몇 친구들과 영정을 바라보며 자신의 방식대로 절을 하거나 헌화하고 묵념을 한다.

제단을 장식하거나 헌화할 때 흰 국화꽃이 사용되고 있는데, '왜 그 많은 꽃 중에서 하얀 국화꽃이지?' 하는 의문이 들었다.

분명치는 않지만, 국화꽃으로 헌화한 것은 그리 오래된 것은 아닌 것 같다.

그 이유를 알고 싶어 인터넷을 찾았다.

포털 사이트에 장례식장에서 영정 앞에다 국화꽃을 헌화하는 이유를 물으니 답이 수십 개가 나왔다.

나처럼 생각하는 사람이 많은가 보다.

분명한 근거는 없고 대체로 추측성이거나 각자의 생각을 나름대로 정리해서 올린 글들이다.

가장 많고 그럴듯한 이유는 국화꽃 꽃말에 근거를 둔 것이다.

즉 고결, 엄숙, 진실, 성실이라는 꽃말 때문에, 그리고 천주교와 기독교가 들어오면서 처음 사용된 것이라는 설과 1876년 강화도 조약 이후 개방화에 따른 영향, 심지어는 일제의 잔재라고 말하는 사람도 있다.

모든 꽃에는 꽃말이 있다. 어떻게 만들어진 것인지 유래나 출처에 대해 관심이 없어 잘 모른다.

하여튼 현재 국화 중에서도 흰 국화를 영전에 공손히 놓는 것이 일반적인 것임은 분명하다.

최근에 와서는 때로 다른 꽃들도 영정 앞에 올린다고 하니 그것도 좋은 것 같다.

우리들의 의식이나 의례도 시대의 흐름에 따라 변하고 있으니 장례 절차나 방법도 변하는 것은 너무나 당연하다.

그런 변화의 물결 속에 나도 동참하고 또 그렇게 되어야 한다고 믿는다.

식장 문을 나서며 나는 이런 생각을 해 본다.

나는 내 영전에 어떤 꽃으로 장식할 것이며 헌화하는 꽃을 어떤 꽃으로 할 것인가?

영전을 장식하는 꽃은 현재와 같이 국화로 하더라도 조문객들의 헌화하는 꽃은?

장미로 하자. 빨간 장미와 노랑 장미를 섞어서 하되 흰 장미는 빼기로 하자.

서구에서는 로마 시대부터 장미를 사용했다고 한다.

최근에는 엘리자베스 2세가 세상을 떠났을 때는 관에 백장미를 사용했고 마이클 잭슨의 관 위에는 빨간 장미로 장식했다고 한다.

팝의 황제의 정열적인 삶을 상징적으로 표현하는 꽃으로 빨간 장미가 제격이었으리라.

중앙 선데이(2009. 8. 23.)에 이런 글이 실렸다.

"우리나라 중국 일본 등 동양의 장례식에는 주로 국화를 사용한다면, 서양의 장례식 장식으로 가장 흔히 쓰이는 꽃은 장미다. 색깔은 여성은 핑크와 오렌지색 계열의 부드러운 색을, 남성의 경우에는 다소 강하고 화려한 색을 사용한다."

그렇다고 서양의 장례식장이 장미 일색인 것은 아니다. 개성을 중시해서 고인이 생전에 좋아했던 꽃을 사용하고 꽃의 색깔노 그와 마찬가지라고 한다.

그렇다고 내가 서양식의 장례처럼 모든 사람들이 관을 장미로 꾸미거나 영전에 장미꽃은 헌화하자는 말은 아니다.

나름의 생각이 있어서다.

고인에 대한 애도의 뜻으로 또는 꽃말이 주는 의미대로 국화를 올린다고 한다면 과연 내 죽음이 애도해야 할 만큼 슬픈 일인가?

내 삶이 다른 사람이 애도하고 슬퍼해야 할 만한 생이었던가.

아무리 생각해도 거리가 먼 이야기 같다.

죽음, 자연스러운 자연현상이다. 모든 생물은 유한한 시간을 산다. 그 시간이 끝나면 왔던 곳으로 돌아가든 아니면 완전히 소멸되든 그것은 모든 살아있는 것들의 운명이 아닌가?

물론 영생을 믿는 사람들도 있지만.

내 의지와는 전혀 관계없이 왔다가 갈 뿐인 생이다.

주어진 시간 동안 잘 살았으면 잘 살아온 대로, 그렇지 못하면 못한 대로 자연스럽게 그곳이 어디든 작별의 순간을 지나치게 엄숙하고 비통하게 보내지 말자는 것이다.

마지막 가는 고인의 영정사진을 보며 좋은 곳으로 가기를 기원하고, 그곳에서 행복하게 살라는 의미가 담겼다면 국화꽃보다는 장미꽃이 낫지 않을까.

하긴 죽은 후에 그것도 무슨 의미가 있겠느냐마는 그래도 식장에서 장미꽃을 대하면 상주 가족이나 조문객들의 슬픔이 조금은 덜어지지 않을까 싶다.

나는 장미꽃을 좋아한다. 지금은 그만두었지만 한 때 시골에다 농장을 만들 때 몇 종류의 장미꽃을 심고 정성을 다해 열심히 가꿨다. 꽃에 따라서는 11월 말까지 그 화려함을 자랑한다.

그래서 나는 식장에 온 사람들이 어디든 잘 가라고 나한테 헌화하고 싶다면 내가 좋아하는 빨간 장미꽃 한 송이를 헌화하며 이별을 고했으면 한다.

내가 세상을 떠나면 헌화용으로 장미꽃을 준비하라고 유언처럼 말한다면 자식들한테 마음의 짐이 될까?

장미꽃 헌화 :콩트(conte)

#1

그녀를 처음 만나게 된 곳은 인천공항이다.

그동안 이런저런 사정으로 순위가 밀렸던 이집트를 여행하기 위해서다.

이번 여행도 자유여행이나, 배낭 아닌 단체여행이다

여행사 직원으로부터 오늘 일정과 몇 가지 팸플릿을 받고 돌아서는 그녀와 마주쳤다.

아름답고 단정한 모습을 한 여인이라는 생각이 든다.

화려하지는 않지만 아직도 내게 이런 감정이 남아있다는 것에 대해 다행이라는 생각이 든다.

두 딸과 함께 하는 가족여행인가 보다.

아내가 떠난 지 3년 만에 홀로 떠나는 여행이다.

그녀가 처음 나에게 한 말은,

경유지인 아랍 에미리트의 두바이에서 세계 최고층 빌딩인 부르즈 할리파를 배경으로 그녀가 인증샷을 찍어주겠다고 말한 데서 출발한다.

고맙다는 인사와 함께 미소를 주고받았다.

미소가 참 곱다고 생각했다.

딸과 함께한 여행이라 그런지 행복한 표정으로 신전의 조각과 유물들에 많은 관심을 보낸다.

보는 나도 즐겁다. 아내와 함께 가족여행을 하던 생각이 순간 스치고 지나간다.

버스에서는 나보다 한두 좌석 앞에 늘 지정석처럼 앉아 있다.

여행 내내 말수도 적고 단정한 몸가짐에서 오는 인상이 고고함을 느끼게 한다.

그 고고함 속에 도도함도 함께 느낄 수 있다는 생각을 해본다.

우연히 한 식탁에서 식사한 적이 있는데 몸가짐이 자연스럽다.

말없이 홀로 여행하는 내가 안쓰러워 보였던지 여러 가지 배려를 한다.

노인에 대한 예의라고 생각한다. 하여튼 고맙다.

마지막 여행지는 홍해에 위치한 유명 휴양지 후루가다. 며칠 조용히 며칠 쉬다 가고 싶은 생각이 들 정도로 좋은 장소인 것 같다.

저녁을 먹고 호텔 방에 혼자 있자니 우울해지려는 감정을 추슬러 커피숍에 갔다.

늦은 시간이라 그런지 비교적 조용하다. 자리를 잡고 에스프레소를 마신다.

싸한 커피 향이 온몸에 퍼지는 듯하다.

오늘이 여행의 마지막 밤이다. 누군가와 마주 앉아 이번 여행에 관한 이야기를 나누고 싶다.

그녀와 함께라면 하는 생각을 지우기나 하듯 자리에서 일어나 밖으로 나왔다.

가로등 불빛에 외로움을 느낀다. 바닷바람에 정신이 맑아진다.

보고 듣고 배우는 열흘간의 이집트 여행을 마치고 공항을 나서며,

그동안 즐거웠다며 잔잔한 미소를 짓는 그녀 가족과 헤어졌다.

긴장이 풀린다. 탈 없이 여행을 잘 마쳤다는 안도감과 쓸쓸함이 함께한다.

현관문을 들어섰다. 적막감이 나를 맞는다.

갑자기 피로가 밀려온다.

카카오톡으로 그녀가 보낸 사진이 들어 왔다. 피라미드 안에서 찍은 인증샷이다.

곧 답장을 보냈다. 보낸 사진 고맙다는 말과 함께 나 스스로 마음에 든다는 글을 한 편 보냈다.

"숨비소리 잠을 깨우다."

답신이 왔다. "너무 멋진 글 감사드린다."라는.

그것이 전부고 끝이다.

\#2

버스 안에서 이런 상상을 하면서 창밖 한겨울 풍경을 본다.

며칠 후 「스핑크스를 뒤로하고」라는 제목의 시를 보냈다.

더해서 가끔 이런 글을 보내도 되겠냐고 물었다.

한마디로 거절이다. 짧막한 글 속에 냉랭함이 베여있는 듯하다.

그러시다면 일 년에 두 번 새해와 추석에 글을 보내고 싶다고 했다.

그것도 칼로 베듯 단 몇 마디로 거절이다.

짤막한 글에서 차가움과 단호함이 엿보이는 문자다.

왜 그런지 자존심이 상했다기보다는 조금은 민망하고 허탈하다는 생각이 든다.

말했듯이 고고함 속에 함께한 도도함이다.

예상 못 한 것은 아니지만, 왠지 내가 나 자신에게 배신당한 기분이다.

며칠 동안 내 머릿속에는 이 말이 떠나지 않는다.

왜 그랬을까. 왜 그랬을까. 왜 그렇게 냉정해야 했을까.

여행에서 생긴 일들은 여행이 끝나는 순간 모든 것을 잊어버린다는 게 그녀의 여행에 관한 태도인가?

하긴 나 역시도 이런 태도를 일관되게 지켜왔다.

그러니 할 말은 없지만 예외 없는 규칙은 없다는 말이 있듯이 이번만은 왠지 예외로 하고 싶다.

여행 중 그녀에게서 받은 따뜻한 인상만을 마음에 담기로 했다.

그리고 마지막으로 다음과 같은 글로 끝은 맺었다.

"당신의 의사와는 관계없이 내가 죽었을 때 누군가가 나를 대신해서 당신에게 글을 보낼 것이다."

이 글에 대해서 아무런 답이 없다.

언제나 친절하게 나를 돌봐 준 요양병원 간호사에게 이런 부탁을 했다.

내가 죽으면 이 글을 문자로 그녀에게 보내 달라는 부탁과 함께 가능하다면 2024년 출간된 시집도 함께 보내 주었으면 고맙겠다고.

#3

요양병원 간호사인 나는 처음 겪는 일이라 거절할까 고민하다가 고인이 부탁이 너무 간절해서 운명하시자 곧바로 그녀에게 문자를 보냈다.

아무런 답도 오지 않았다.

그리고 언제 그랬냐는 듯이 까맣게 잊고 있었다.

연일 계속되는 강추위가 지속되던 어느 날, 일이 끝나갈 무렵 나한테 이런 문자가 왔다.

"얼마 전에 글을 받은 사람인데 뵙고 싶다고." 하며 약속 시간과 장소를 알려주시면 그곳으로 가겠다는 내용이었다.

뜻밖이지만 여러 가지로 궁금해서 좀 일찍 나가 커피숍에서 그녀를 기다렸다.

한겨울에 어울리는, 소박하면서도 따뜻한 옷차림으로 나온 그녀와 마주했다.

고인이 말한 그대로의 모습이다.

대화는 짤막했다.

고인에 대한 첫인상과 편안하게 가셨느냐는 등 일상적인 질문이 끝나자 나는 그동안 궁금했던 것을 물었다. 물론 고인을 통해서 들은 이야기다.

글을 거절한 이유와 조문을 가긴 갔었느냐고 정색을 하며 물었다.

문자를 거절한 이유는 그 당시는 마음에 여유가 없어서 그랬다는 것과 조문은 가지 못했다고 한다.

나는 고인의 시집을 내밀며 조심스럽게 그 이유를 묻자 기다렸다는 듯이 다음과 같이 말하는 것이었다.

"알고 있겠지만, 그분께서 식장에 올 때는 반드시 빨간 장미꽃으로 헌화해야 한다고 말씀하셨는데, 그분의 가족들이 보는 앞에서 차마 빨간 장미꽃을 영정 앞에 놓을 용기가 나지 않아서."라며 말끝을 흐린다.

그 말을 하고자 나를 만나자고 한 것인가. 무언가 석연치 않지만 이 말을 꼭 그녀에게 해야 했다.

나는 그녀의 얼굴을 보며 차분하게 말했다.

"나는 그분의 뜻이기도 하지만 조금은 남다른 분이라는 생각에 조문을 갔었는데, 그때 고인의 유언에 따라 상주가 준비한 꽃은 모두 빨간 장미꽃이었다고."

생일을 보내며

오늘은 딸아이 식구들과 함께 팔순 생일을 보냈다.

어느덧 80이다.

나이로 따지면 이제 상늙은이다. 죽음에 가장 가까이 있는 세대다.

짧게 때로는 길게 느껴지는 시간의 흐름이었다.

지금까지 살아있음에 감사하기도 하지만, 시간의 무상함에 우울하기도 한 그런 나이기도 하다.

시간의 의미를 잃은 지 이미 오래다.

하루하루의 생활은 그냥 의미 없이 이어지고 시간은 시간의 길을 말 없이 갈 뿐이다.

지금까지는 시간과 동행하며 살았다면 이제 시간에 얹혀서 의미 없이 흘러간다.

언젠가 시간은 홀연히 나를 내려놓고 제 혼자 갈 길을 갈 것이다.

그것이 시간이며 자연의 순리이다. 누가 그것에 대해 불평할 수 있겠는가.

돌아보지 않기로 마음먹은 지 오래다. 보람과 기쁨보다는 아쉬움과 죄책감에 시달리며 시간을 보낸들 그것이 지금 어떤 의미가 있을까?

삶이 원래 그런 것이라고 하지만 이제 시간에 얹혀사는 내가 할 수 있는 일이란 아무것도 없으니 괘념 없이 편하게 살고 싶다는 것이 노년에 대한 작은 희망이다.

무상무념의 세계는 아니더라도 조금은 지난 일을 잊고 오늘의 시간을 살고 싶다. 또한, 미래를 잊고 사는 것이 나이 듦의 삶이 아니겠는가.

내려놓고나 비울 것도 없다. 젊었을 때는 불투명한 것이 점점 투명해지고 분명해진다.

오늘 내가 숨 쉴 수 있다는 것에 만족하고 주변의 모든 것들을 사랑하며 사소한 일에서 즐거움을 찾는 그런 노인이 되고 싶다.

손녀 손자의 카드를 받았다.

축하한다는 현수막을 벽에 붙이고 촛불을 켜고 함께 생일 축하노래를 불렀다.

엄마 없이 혼자 생활하는 아빠가 안쓰러워 평소와는 달리 이벤트를 벌인 것 같다.

아내가 간 지 5개월이 지났다.

아내의 수선이 보고 싶다.

암 투병 중에도 수선떠는 모습을 잃지 않고 있던 아내다.

미역국과 한우 고기를 충분히 가져와서 6식구가 대화를 하며 즐겁게 점심을 먹었다

가족이 이런 것인가 하는 생각을 했다.

그래서 결혼을 하고 자식을 낳고 기르는가 보다.

좋은 날이다. 행복한 하루다.

그런데 마음속에 깊게 자리 잡고 있는 아내의 영상이 나를 슬프게 한다.

그리고 미안하다.

아내는 지금 어디서 무엇을 하고 있을까.

아내의 하얀 얼굴이 몹시도 보고 싶다. 오랫동안 벽에 걸려있는 그녀의 수채화가 오늘따라 유난히 아름답게 선명하게 다가온다.

그림을 그리고 있을까. 아니면 이곳에 참석할 수 없음을 슬퍼하고 있을까.

손녀 손자들에게 특별한 애정을 쏟던 아내다. 동심의 세계서 생활했던 아내라 그런지 유난히 세상의 모든 아이들을 좋아했다.

아이들이 아내에 대한 이야기는 서로 삼가는 것 같다. 내 눈치를 보면서 아이들이 돌아갔다. 반가움 뒤에 오는 쓸쓸함은 예전이나 지금이나 마찬가지다.

나이가 들어서 그런지 그것이 더 진하게 다가오는 오늘이다.

5월의 신록이 꽃보다 아름답다는 계절.

훌쩍 떠난 아이들을 보내고 탄천을 걸을까 하다 그만두었다.

날씨가 사나워서 그런가 보다.

꽃샘추위도 아닌데 냉랭한 날씨에 구름이 차갑고 무겁게 느껴진다.

바람이 불고 빗방울이 떨어진다.

아내 없이 보낸 내 생일이 비에 젖는다.

그리고 외롭고 춥다.

판화를 찍어내다

몇 해 전 캐나다 북동부에 위치한 퀘벡시를 여행한 적이 있다.

퀘벡시는 퀘벡주의 주도로 역사적으로 프랑스 지배에서 1759년에 영국 지배로 넘어갔다.

하지만 아직도 퀘벡주는 언어와 종교 그리고 그들만의 민법을 고수하는 등 자신들의 전통과 문화를 이어가고 있다.

특히 올드 퀘벡 프티샹플랭 거리는 누벨프랑스의 향취가 잘 보전되어있어 관광객이 반드시 찾는 곳으로 잘 알려져 있다.

자유시간을 이용 고풍스러운 거리를 걷다가 아담하게 꾸민 화랑 안으로 들어갔다.

작품을 전시해 놓기도 했지만 주로 작품을 파는 그런 상점이다.

단아한 차림의 50대 중반의 부인이 나를 맞는다. 화랑이 주는 분위기 때문인지 전시된 작품을 보다가 갑자기 그림 한 점을 사고 싶은 생각이 든다.

그래서 고른 것이 거리를 주제로 그린 그림이다. 나한 테는 과한 값이라는 생각이 들었지만 구입했다.

집에 와서 자세히 살펴보니 판화였다. 판화번호가 121/300이며 삭가는 Nicole Gagne Quellet로 퀘벡에서 태어났고 1946년생이다.

직접 서명한 보증서도 첨부되어 있었다.

액자에 넣지 않고 그냥 책상 벽에 붙여놓았다. 잘 샀다는 생각을 하며 액자에 담았다.

그런데 어느 날 무심코 그 그림에 시선이 갔다.

내가 구입한 그림이 121번째니 나머지 그림은 어떻게 되었을까. 다 팔렸을까. 아니면 몇 장이나 남아있을까. 그동안 시간이 많이 지났으니 다 팔렸을 거라고 생각한다.

요즈음 내 일상은 어떤가.

나에게 시선을 돌린다.

언제부터인가 나도 판화를 찍어내듯 그렇게 하루하루를 살고 있다는 생각이 든다.

과거의 시간은 접어두고 금년 2022년에서 오늘까지 나는 일상의 판화를 몇 장이니 찍어냈을까.

어제가 오늘이고 분명 내일도 오늘일 것이다. 그날이 그 날이다.

내 판화의 원본에는 어떤 그림이 그려져 있을까.

나의 일상은 동트기 전 일어나 한 1, 2시간 정도 인근 영장산 산행을 하며 시작된다.

세면을 하고 아침 식사는 하지 않으니 탄자니아산 원두를 갈아 커피를 내리고 향을 맡으며 컴퓨터 책상에 앉는다. 글을 쓰기 시작한다.

메모해 두었던 소재를 중심으로 시나 수필을 쓴다. 그러나 대체로 쓰다가 중도에 포기하는 경우가 많다.

꼭 집어 2025년을 목표로 정하지는 않았지만, 그쯤 해서 시가 있는 산문집을 한 권 더 내고 싶다.

지금까지는 대체로 계획을 세워 출판했지만 이번만은 아니다.

책을 내도 좋고 안 내도 그만이다. 그래서 자유롭다. 반드시 해야 한다는 강박관념이 없으니까.

어쩌면 글을 쓰는 것이 치매 예방에 좋다고 하니 그래서 글쓰기를 하는지도 모르겠다.

생각이 막히면 신문을 훑어본다. 정치면은 제목만을, 그리고 사설이나 관심이 가는 칼럼을 읽는 경우도 종종 있다.

그다음은 문화면을 본다. 공연과 전시, 여행, 종교, 신간 서적, 스포츠 등 다양한 내용의 기사를 훑어본다. 그냥 보는 것으로 끝난다. 공연장이나 전시장을 찾는 경우는 드물다.

처음에는 꽤 열심히 다녔다. 아내가 그림을 전공했고 취향이 나와 비슷해서 자주 콘서트홀이나 인사동 골목도 자주 찾았다.

요즘에 와서는 누군가에 의해서 이런 행사들이 연일 개최되고 있다는 그 뉴스만으로 만족한다.

그다음은 아침을 걸렀으니 이른 점심을 먹는다. 1시간 음식을 만들고 한 시간 동안 먹는다.

사실이다. 그것도 TV를 시청하면서.

그 시간에는 주로 KBS 1의 「걸어서 세계 속으로」나 EBS의 「세계 테마 기행」을 본다.

재방영되는 채널은 이곳에서는 채널 86, 오 라이프(o life)다.

대체로 점심이 12시 30분경 끝난다. 이제부터 저녁 먹을 때까지가 가장 무료한 시간이다.

케이블 TV에서 영화를, 음악 채널 Arte나 Orfeo에서 음악을 듣는다. 하루 중 가장 많은 시간을 소비하는 일은 음악을 듣는 것이다.

저녁을 먹고는 지상파 방송이나 종편, 그리고 케이블 TV에 자주 등장하는 역사나 자연에 관련된 다큐멘터리를 밤늦게까지 시청한다.

대체로 11시나 11시 30분경 하루를 마감하고 잠자리에 든다.

가끔 친구를 만나거나 어쩌다가 여행을 하기도 하지만 이런 일 외에는 판화를 찍어내듯 지속적으로 반복되는 것이 나의 일상이다.

정년을 하고 20년 넘게 계속 판화를 찍어내고 있는 것이 오늘의 나다. 지금 나는 몇 장의 판화를 더 찍어낼 수 있을까 하는 생각이 들면 나이 듦에 무심할 수가 없다.

소음과 침묵

오늘따라 갑자기 이어령 씨의 짧은 문장이 머리에 맴돈다.

아침 일찍 산행을 하면서 이 문장이 함축된 의미를 골똘히 생각해 봤다.

"인간의 생은 하나의 소음, 인간의 죽음은 하나의 침묵."

생이 소음이라니? 언뜻 이해가 가지 않지만 곱씹으면 그 의미를 조금은 알 것 같다.

소음, 사전적 의미로는 시끄러워서 불쾌감을 느끼게 만드는 소리라고 한다.

직역을 한다면 인생은 시끄러워서 불쾌감을 주는 것이라는 말로밖에 해석이 안 된다.

물론 이어령 씨가 단순히 사전적 의미로 말한 것은 아니다. 어떤 철학적 의미가 함축된 말이라고 생각한다.

반대말이 있을까. 반대말은 없다.

내가 굳이 말한다면 소음의 반대말은 정적이다. 그런데 정적의 반대말은 있다. 소란이다.

나는 어떤 소음을 내며 살았을까. 정적을 빼놓고는 모두가 소음인데.

태초에 지구가 행성으로 제자리를 잡기까지는 끊임없는 화산 분출과 조산운동, 조륙운동이 활발히 진행되고 있었다고 한다.

인류의 출현을 약 4백만 년 전이라고 본다면 그 이전에는 지구에는 인간이 존재하지 않았기 때문에 생의 문제도 소음도 침묵도 없었다.

우주로서의 지구는 존재했지만 인간 세상은 없었다. 인간 본위로 보았을 때 탄생이 바로 세상이기 때문이다.

그래서 나는 소음이란 인간이 생존하기 위한 모든 행위를 말하는 것으로 정의하고 싶다.

그 행위를 통해서 만 우리는 소음을 낼 수가 있는 존재다.

그렇다면 나는 어떤 소음을 내며 살았을까.

소음은 주관적인 개념으로 어떤 환경이냐에 따라서 정의되는 일면도 있다.

내게 있어 소리는 시끄러운 소음이지만 타인에게는 소음이 아닐 수도 있다.

같은 음악이라 해도 클래식을 좋아하지 않는 사람에게 그 음악은 소음이고, 좋아하는 사람은 소음이 아닐 수 있다. 마음의 상태에 따라 달라질 수도 있다. 기분이 좋은 때와 나쁠 때에 따라 음악은 소음이 될 수도 있고 아닐 수도 있다.

그렇다면 내가 내는 소음은 어떤 성격의 소음일까. 한번 생각해 본다. 듣기 좋은 소음일까 아니면 나쁜 소음이었을까.

나이 들면서 때로 이런 생각을 하게 된다. 내가 내는 소음이 타인에게 어떻게 들렸을까.

또 한편으로는 나는 소음을 내 본 적이 있을까. 물론 정적의 세계는 분명 아니지만 좋지도 나쁘지도 않은 그런 소리를 내지는 않았을까.

있는 둥 마는 둥 한 그런 소음을 내며 살았던 것 같다. 주위를 살피면서 눈치를 보면서 소음도 정적도 아닌 그런 상태로 평생을 살아온 삶인 것 같다.

좋은 소음이건 나쁜 소음이건 그 어떤 소음도 내지 못한 생으로 그치고 만 것 같다.

타인에 의해서 소음이냐 아니냐가 결정된다 해도 자신 있게 내 소음을 한 번 낸 적이 없다.

너무 소심하게 내 소음이 남에게 미칠 부정적인 영향에 대해서만 신경을 쓴 것 같다.

나의 소음이 상대방에 따라서 좋은 소음으로 들릴 수도 있었는데도 말이다.

내가 나쁘다고 생각한 것이 환경에 따라 좋은 것이 될 수도 있다. 이는 타인에 대한 배려라기보다는 자신감의 결핍으로 보는 것이 좀 더 타당할 것 같다.

나 자신은 물론 사회적으로도 소음은 필요하다. 그것이 좋은 소음이건 나쁜 소음이건 간에 삶이나 사회에 활력소로 작용할 수도 있었는데 말이다.

정적은 지루함이나 나태를 가져올 수도 있다. 반대되는 그 무엇이 있어야 논쟁이 발생 되고 그 논쟁이 긍정적일 때 개인의 삶이나 사회도 발전된다고 본다.

굳이 좋은 소음만 낼 필요도 없을 것 같다

어찌 보면 세상은 정적만을 우리에게 강요하는 것이 아닌가 해서다.

"인간의 생은 하나의 소음이며 침묵은 죽음이다."라는 말의 의미는 소음이 소음으로 그치는 것이 아니라 삶의 모든 행위가 소음으로 살아있음을 뜻한다.

소음 없는 삶이 있을까. 말 그대로 소음이 없으면 그게 죽음이다. 죽음만이 정적을 만들어 내기 때문이다.

우리의 삶이 침묵으로 일관할 때 그것은 죽음이다.

그 소음이 좋은 것이든 나쁜 것이든 우리의 생존은 소음 속에서 탄생하고 침묵 속에 묻혀버리는 삶이다.

어둠이 비처럼

오후 늦게
비가 추적추적 내린다.
밖은 음산하고 거실은 썰렁하다.

아무것도 하고 싶지 않다.
귀찮고 번거로워.
TV에 매달린다.

사랑은 기적을 낳는다는 영화다.
피식 웃음인 난다.
공연히 제목에 짜증이 나
channel 돌린다.

의미 없이 하루가 저무는 날
그에게 말했다.
의미 없이 시는 삶에 대해서

그는 말한다.
우리 나이에 의미를 갖고 사는 사람이 있느냐고.
생각하니 맞는 말인 것 같다.

100 죽음도 꿈이 될 수 있을까

그렇지만
그건 아니라고 부정한다.
그건 나로부터 버림받고 싶지 않기 때문이라고
정말 그럴까?

해가 진다
서서히 빗속에 어둠이 내린다.
우산을 쓴
여인네의 걸음이 빨라진다.

여인에게 오늘은 어떤 하루였을까,
묻고 있다.
내가 답한다.
"의미 있는 하루였다고,
살아있다는 그 존재만으로도."

이카루스의 날개

오미크론의 기세가 여전하다.
일상은 TV와 마주하는 것.
EBS의 세계 테마 기행,
arte, orfeo 음악 채널도 오늘은 시들하다.

날씨는 왜 이리 추운지
그래서 공연스레 짜증이 난다.
모두가 속절없이 떠나고 남은 빈자리에
초조히 홀로 서 있다.

불안이
외로움에서 우울함으로
이것이 노년의 생활인가.
아직 할 일이 있어서 숨 쉬고 있는데

하늘은
드높고 파랗게 차갑다.
태양은 눈부시다.

창가 가까이 의자를 놓고

햇볕을 받는다.
변온동물처럼 서서히 몸에 열기가 솟는다.

어디론가 떠나고 싶다. 가야만 한다.
날고 싶다.
이카루스의 날개를 달고라도
하늘을 향해 더 멀리 더 높이.

소크라테스의 아내

크잔티페를 위한 변명

어느 교수의 이야기다.

자기 아내와 여러 가지로 반대된 것이 몇 가지 있다고 한다.

예를 들면, 나는 종달새 형 아내는 올빼미 형, 나는 왼손잡이 아내는 오른손잡이, 나는 정리 정돈 형 아내는 그 반대, 나는 마신 물컵은 즉시 씻고 아내는 있는 컵 다 쓰고 난 다음 씻는다는 등.

내 아내와 나도 비슷한 경우다. 나는 종달새 형 아내는 올빼미 형, 아내는 모든 음식을 가리지 않고 나는 가리는 편이다.

아내는 사교적이고 나는 비사교적이다. 아내는 무엇이든 다른 사람에게 잘 주는 편이지만 나는 그렇지 못하다.

나는 외출했다 들어오면 먼저 옷걸이에, 아내는 일단 소파 위에 걸치고 난 다음 옷걸이에, 아내와 나는 그래도 지금 생각해 보면 큰 불편없이 잘 살았던 것 같다.

서로 부족한 것을 도와주며 산 것 같다.

내가 아내를 도와줬다는 것은 어디까지나 내 생각일 뿐 아내는 그 반대였는지도 모른다.

그 글을 읽으면서 소크라테스의 아내 크잔티페의 이름이 떠오른다.

그 이름은 마치 악처의 대명사처럼 회자되고 있는 여인이다.

왜 악처인가. 그래서 검색 창에 그 이름은 올리니 몇 가지 에피소드가 나온다.

내가 에피소드라고 한 것은 대단한 사건이 아니기 때문이다.

그런 상황에서 제자들이 소크라테스에게 물었다.

제자: "결혼을 해야 합니까?"

소크라테스: "결혼은 반드시 해야 하네. 그리고 좋은 아내를 얻으면 행복하고 나쁜 아내를 얻으면 철학자가 된다네."

제자: "그러면 헤어지면 될 게 아닙니까?"

소크라테스: "내 아내와 잘 살 수 있다면 이 세상 누구와도 잘 지낼 수 있다네."

소크라테스다운 말이다.

그런데 말입니다. 아내 크잔티페의 입장에서, 그녀가 평범한 남자를 만났다면 어떻게 되었을까.

추측컨대 후대에 악처라는 오명을 남기지 않았을 것이다. 그 말은 그녀를 악처로 만든 것은 바로 소크라테스다.

아마 그녀는 이렇게 말했는지도 모른다. "결혼은 반드시 해야 한다. 그리고 좋은 남자를 만나면 행복하고 무능력한 남자를 만나면 나 같은 여자가 된다."

"내 남편과 잘살 수 있다면 이 세상 어느 남자와도 잘 지낼 수 있을 것이다."라고.

역사가 증명한 존경받는 위대한 철학자이지만 어쩌면 생활인으로서 남편 소크라테스는 무능한 사람일지도 모른다.

크잔티페는 3명의 자식을 기르며 생계를 꾸려나가는 것은 전적으로 그녀의 몫이었다.

나는 소크라테스의 철학적 업적에 대해서 말하고자 하는 것이 아니고 단순히 크잔티페가 악처가 되어야만 했던 그 상황을 말하고자 할 따름이다.

오늘날 소크라테스가 위대한 철학자로서 존경을 한몸에 받게 된 것은 온전히 아내의 내조 덕이라는 것을 누구도 부정할 수 없다.

그런 아내가 없었다면 누가 생계를 책임졌을까?

그런 면에서 그는 무능력자다.

오늘의 시점에서 본다면 크잔티페와 결혼하지 않았다면 소크라테스는 철학자의 길을 갈 수 없다.

누가 이런 남자와 결혼하겠는가.

소크라테스의 외모를 보면 얼굴은 크고 둥근 데다 이마는 벗겨지고 눈은 툭 불거졌으며 코는 뭉툭하고 입술은 두꺼운 데다 키는 땅딸막했다고 한다.

이런 추남에 생활능력도 없고 부모로부터 물려받은 유산도 없는 데다 직장은커녕 매일 거리에서 사람들하고 대화한다며 시간을 보내는 그런 사람이다.

지금은 물론 그 당시에도 결혼 상대자로는 최악이다. 어떻게 결혼했다 해도 아마 며칠 만에 이혼당했거나 아니면 여자가 도망갔을 것이다.

그런 면에서 오늘날의 성인으로 존경받는 것은 오롯이 크잔티페의 희생 위에 이뤄진 것이다.

크잔티페가 없다면 소크라테스도 없다고 말한다면 지나친 표현일까. 그녀는 악처가 아니라 역사에 남을 철학자를 탄생시킨 훌륭한 아내라고 말할 수 있다.

지리산 자락의 노부부

지리산 둘레 길을 걷기로 계획을 세우고 실천에 들어간 지 몇 해가 지났지만 이런저런 이유로 아직 끝내지 못했다.

나는 제1코스인 주천(남원시)에서 출발, 지리산 천왕봉을 오른쪽에 두고 걷다가 출발점인 주천으로 다시 돌아오는 코스로 정했다.

총 20개 구간 274km이다. 다른 길과 달리 지리산 둘레 길은 등산을 하는 수준으로 능선과 능선을 넘는 고갯길이 대부분이다.

이번은 제9구간으로 덕산(산청군)에서 중태마을을 지나 갈치재를 넘어 위태마을에 이르는 10.3km 코스로 난이도 중 정도다.

덕산면에서 시멘트로 잘 포장된 도로로 중태 마을까지는 시내버스가 다닐 정도의 넓은 길이다.

마을에 들어서면 길 양쪽으로 갈치재까지 숲을 이룰 정도로 감나무 대단지가 계곡에 펼쳐진다.

특이한 경관이다. 경남 진양의 단감과는 달리 여기에서 생산되는 감은 모두 곶감용이라고 한다.

여기저기 곶감을 말리는 건물들을 쉽게 볼 수 있다.

길옆 과수원집에서는 곶감으로 만들 수 없을 정도로 빨리 익어버려 연시처럼 된 감은 바구니에 담아 지나가는 사람은 누구나 무료로 먹을 수 있도록 해 놓은 곳이 있다.

따듯한 인심이고 배려다.

감 단지를 지나 시멘트 임도를 따라 갈치재로 향한다. 띄엄띄엄 길가의 집들을 지나 고개 중턱쯤에 비교적 큰 일자형의 농가 한 채가 고즈넉하다.

길 아래로 한 20m 거리에 비교적 넓은 마당에는 코스모스 꽃이 갈바람에 더욱 정결하다.

어림잡아 칠십 대 후반쯤 되어 보이는 노부부가 콩을 털고 있다. 도리깨질이 아닌 바닥에 비닐을 깔고 막대기로 한 포기씩 털고 있다.

보는 이로 하여금 무슨 말은 하는지는 모르지만, 가끔 다정한 미소가 곱다고 생각을 한다.

주변 환경과 어울린 부부의 모습이 평화스럽게 느껴진다.

길가 바위에 앉아 이 부부의 모습을 무념의 상태로 바라보기만 한다.

이런 나를 아는지 모르는지 열심히 하던 일을 계속한다.

바람 소리와 새 소리를 들으며 나는 이런 상념에 젖는다.

저 부부는 짝을 이뤄 생활한 지 몇 년이나 되었을까.

자식은 몇 명이나 두었을까.

할아버지는 이곳에서 태어나 할머니와 결혼을 하고 이 집에서 지금까지 살고 있는 것일까.

이 깊은 산골에서 살림은 어떻게 꾸려나갔을까.

마을과 떨어진 외딴곳에서 단출하게 두 부부만 살고 있으니 외롭지는 않을까.

나에게 이런 질문을 하며 스스로 답을 내린다.

부부의 나이를 70대 후반이라면 결혼할 당시는 모두 살기가 팍팍할 때라고 생각한다.

밭을 일구거나 산에서 약초나 산나물을 채취해 장터에 팔았을 것이다. 때로 힘든 일 마다하지 않고 억척같이 날품팔이로 자식들을 학교에 보냈으리라.

자식들은 이제 도시에 나가 한 가정을 이뤄 제 몫을 다하며 잘살고 있을 것이다.

외롭지 않겠느냐고. 나의 답은 '아니다.'라고 단정적으로 말한다.

노부부는 외롭지 않다. 사랑하는 아내와 남편의 있고 일거리가 있으며 산과 하늘과 계곡 물이 있기 때문이다.

외로움이란 사람의 때라 혼자 있어도 외롭지 않은 사람이 있는가 하면 여럿이 어울려 살아도 외로운 사람이 있다. 군중 속의 고독이라고 할까.

지금 우리 사회는 혼자여서 외로운 것이 아니라 인간관계에서 소외되거나 박탈감을 느끼기 때문에 외로운 것이다. 그것을 입증이나 하듯 세계에서 자살률이 가장 높은 나라가 우리가 아닌가.

노부부는 산골에서 자연과 더불어 큰 욕심 없이 정직하게 살아왔을 것이다.

연륜을 말해주는 주름과 평온해 보이는 얼굴은 생활에 쪼들리고 힘한 일들을 겪으며 살아왔다기보다는 주어진 운명을 탓하지 않고 온전히 자연과 더불어 자신이 노력만으로 삶을 충실하게 살아왔음을 말해주는 듯하다.

아직도 삶이란 무엇인가에 묻혀 사는 나에게 어떤 답을 시사해 주는 광경이 아닌가 하는 생각을 해 본다.

목적지인 위태까지는 아직 먼 길이다. 이름 모를 새 한 쌍이 숲속으로 날아들고 한 자락 바람이 시원하다.

자리를 털고 일어난다.

노부부의 오늘의 삶이 건강하게 더 오래 지속되기를 간절히 빌어본다.

우 사장님과 일거리

분당선 Y역에 내려 3번 출구를 나오면 다른 역과 달리 너른 광장이 나온다.

그 끝에 반 평정도 되는 공간에 구두 수선집이 있다.

내 기억으로는 이 역이 개통되면서부터 지금까지 30년간 이곳에 문을 열고 있다.

구두 수선뿐만 아니라 열쇠를 만들고 상품권도 매매한다.

나는 구두와 등산화를 수선하기 위해서 몇 번 들른 적이 있다.

나이는 60세 초반쯤 되어 보이는 사장님은 상대방의 기분을 상하게 할지도 모르는 질문을 재미있게 한다. 그것도 군더더기 없는 짤막한 질문을 웃으면서 한다.

예를 들면, 어디 사느냐, 몇 살이냐, 뭐 하시는 분이냐, 자식을 몇 분을 두고 있느냐, 손자가 몇 명이냐 등 신상에 관한 문제와 일상에서 일어나는 일들이다.

나는 망설이며 시큰둥한 태도로 얼버무리며 나도 짤막하게 답을 한다.

때로는 자신의 삶의 과정에 대해서 얼핏 비치기도 하지만 금방 거둬들인다.

놀랍게도 최근이 알게 된 사실이지만, 3년 만에 초·중·고 검정고시를 통과하고 45살에 K 대학 사회복지학과와 대학원을 졸업하신 분이다.

그 외에도 자신의 성장 과정을 진솔하게 얘기했는데 여기서는 생략

하기로 한다.

기술자라면 다 그렇지만 그분은 구두 수선에 대해 대단히 자부심이 강하다.

자기만큼 구두 수선을 잘하는 사람이 없다는 것이다. 나도 이 말에는 전적으로 동의한다.

잘은 모르지만 수선료도 적당한 것 같고 내 마음에 쏙 들게 마무리도 깔끔하게 잘한다.

며칠 전에 오래 신어 지루하기도 하고 밑창이 닳아서 새 구두를 살까 망설이다가 랜드로버 구두를 들고 수선 방을 찾았다.

"이거 고치면 더 신을 수 있을까요?"

"그럼요, 아직 멀쩡한데, 내가 새 신발로 만들어 드릴게요."

반신반의하며 구두를 맡겼다. 며칠 후에 수선 방에 들렀다.

놀랍게도 완전히 새 구두가 되었다. 거기다 어떻게 닦았는지 반짝반짝 광택까지 난다.

역시 제일 가는 수선공이구나 생각하며 사장님의 기술에 놀라움과 칭찬을 아끼지 않았다.

그뿐만 아니라 닦은 구두가 한 달이나 지났는데도 여전히 광택이 난다.

가끔은 나 스스로 구두를 닦지만 2, 3일 반짝하다가 금세 사라진다.

구두약이 좋지 않다는 생각에 이것저것 사용해도 결과는 마찬가지다.

무슨 구두약을 사용했기에 이렇게 오랫동안 빛이 날까? 궁금하다.

내가 사용하는 구두약과 다르겠지 하는 생각에 그 앞을 지나다 잠시 들렀다.

"사장님은 무슨 구두약을 사용하기에 이토록 광택이 오래 갑니까? 특수한 구두약을 사용하시는 것 같은 데 살 수 없을까요?" 하고 물었다.

사장님은 물끄러미 나를 보더니 사용하고 있던 구두약을 말없이 내민다.

뜻밖이다. 내가 사용하고 있는 M표 구두약이다.

"아니 그것 말고 아저씨가 사용하고 있는 진짜 구두약 말입니다. 나도 이 구두약을 쓰는데 별로던데요."

"선생님, 가방 크다고 공부 잘합니까? 그리고 볼펜 좋다고 글 잘 씁니까?"

재치 있는 답변이 재미도 있지만 맞는 말이기도 하다.

옛말에 기술 없는 목수가 도구 탓만 한다는 말처럼 우리는 때로 자신의 기술이나 능력 부족을 탓하기보다는 기기나 도구의 탓으로 돌리는 경우가 허다하다.

사장님은 일반인들도 사용하는 평범한 구두약이지만 어떻게 사용해야 한다는 나름의 기술을 터득한 결과라는 생각이 든다.

아무리 작고 사소한 일이라도 끊임없이 연구하고 노력한다면 놀라운 성과를 얻는다는 것을 우리는 잘 알고 있다.

자신이 하는 일에 자부심을 갖고 광택을 내고 오래 유지하기 위해 나름대로 연구하고 노력한 결과로 지금에 이른 것이다.

비록 구두 광택을 내는 작은 일이지만 오랫동안 한 가지 일에 전념하면서 습득한 그만의 기술로 구두약의 품질을 극복한 것이다.

작은 일이지만 우리에게 시사하는 바가 있다는 생각이 든다.

그러면서 바쁘지 않으시면 자기 잠시 자기 말을 들어달라는 것이다.

그날따라 구둣방이 한산하고 나도 특별히 할 일이 없기에 쪽 의자에 앉았다.

그의 말은, 이제 몸도 조금씩 불편해지고 수십 년 하다 보니 싫증도 나고 해서 이 일을 접고 편히 쉬고 싶은데 문제는 어떻게 하면 하루하루를 즐겁게 보낼 수 있느냐는 것이다.

"선생님은 정년 하신 지도 오래됐으니." 조언을 듣고 싶다는 것이다.

답하기에 난감한 질문이다. 각자의 인생관과 환경, 취향과 건강상 상태에 따라서 다양한 방법이 있는데.

"제 생각을 솔직히 말씀드리면 어디 몸이 불편하시다면 치료를 열심히 받으시고, 남은 생을 위해서 계속 일을 하는 것이 좋을 듯합니다. 이렇게 나이 들어서 할 일이 있다는 것은 대단한 축복입니다. 다른 생각하지 마시고 이 일을 열심히 하는 것이 하루하루를 즐겁게 사는 최선의 방법입니다."

정말 그렇다.

정년 후의 내 생활을 되짚어 보면서 이 말을 남기고 자리에서 일어섰다.

과학의 신전

태양과 모래와 신상의 땅
이집트
라(Ra)와 아문(Amun) 있고 파라오가
살아있어
과학과 신비가 존재하는 곳

오늘 이곳에서
과거로의 시간여행을 떠난다.

열사의 땅에
파라오의 욕망과
석공들의 피와 땀으로
얼룩진 신전이 완성되고 있다.

지금 그들은 어디서 무엇을 하고 있을까.

오늘 그들의 후예는
또 다른 신전을 짓고 있다.
종교가 그랬듯이
과학의 신전을 짓고 있다.

이제 우리들이
미래로 시간여행을 떠난다면
과학은
어디서 어떤 신전을 짓고 있을까.

가을 소고

창가에
나뭇잎 떨어지면
가을은 어떤 의미로 내게 다가올까.

생각한다.
가을은 별리의 계절이지
모두가 소멸하는 계절이 아님을,
단지 기다림의 시간으로 달라질 뿐.

벌거벗은 가지에 북풍이 몰아치면
숲에 살아있는 모든 생명은,
진정 이제부터 봄을 향한
긴 기다림이 시작되는 순간이다.

겨울은 침잠의 계절이 아니고
가을이 남기고 간 생명을 잉태한
기다림의 계절로

나 또한
겨울은 추위와 싸우며

내일의 삶을 계획하고 준비하는

인고의 시간이며

봄을 기다리는 침묵의 시간이다.

인과 응보의 원리

살아가는 동안에 죄를 짓지 않고 사는 사람이 있을까?

진정 그런 사람이 세상에 있을까. 단언컨대 단 한 사람도 없다.

그렇다면 모든 사람이 죄를 짓고 살거나 살았다는 것이다.

죄를 지었다면 사회 통념상 반드시 벌을 받아야 한다. 그렇지 않은 경우도 있겠지만 적어도 사람이 만든 법의 논리는 그렇다.

도덕적으로는 죄는 어떻게 해석되고 있는가. 내가 거론하기엔 내 한계를 넘어선 어려운 주제다.

도덕의 문제라면 이는 내용상 종교와 관련이 있다. 종교의 성격이나 교리를 보았을 때 종교에서 이 문제를 많이 다루고 있다.

왜냐하면, 그 많은 죄를 모두 법으로 규정해 벌하기는 불가능하므로 도덕적인 규범이나 관습에 의해 벌해야 하기 때문이다.

종교적인 교리나 원리를 떠나 내가 신앙처럼 믿고 있는 것은 인과응보의 원리이다.

이 말은 불교적인 용어 같지만, 불교 이전에도 이 말이 있었고 단지 불교에서 이 말이 특별히 많이 사용되고 있을 뿐이다.

응보의 원리, 누구나 이 말의 뜻을 잘 알고 있고 또 자주 사용한다.

사회가 불안하거나 혼란스러울 때 이 말은 더욱 우리에게 자신의 행동을 돌아보게 한다.

인과응보의 사전적 의미는 다음과 같다.

철학: 모든 사물과 현상의 원인과 결과 사이에 내재하는 보편적 필연적인 불변의 법칙

불교: 전생에 지은 선악에 따라 현재의 행과 불행이 있고 현세에서의 선악의 결과에 따라 내세에서 행과 불행이 있는 일로 설명되고 있다.

철학적 의미의 원인과 결과 사이에 내재하는 보편적이고 필연적인 불변의 법칙은 철학과 종교적 관점을 떠나 자연의 질서이며 법칙이다.

선행을 하면 좋은 결과가 악행을 하면 나쁜 결과가 필연적으로 따라야 한다는 것, 즉 죄를 지은 자는 반드시 그에 대한 대가를 지불해야 한다는 것은 자연의 법칙으로 해석하면 어떨까.

죄의 대가는 반드시 치러야 한다는 기본적인 바탕에는 평등성의 원리도 포함된다.

결과에 따라 누구라도 공평하게 공정하게 벌을 받는 것이 필연적인 불변의 법칙이며, 불교의 연기설과도 관련되기 때문이다.

그러면 누가 판단하고 벌을 줄 것인가? 사회질서를 위해 인간이 스스로 만든 법의 잣대로 벌을 내리면 된다. 사회규범이 미치지 못하는 죄에 대해서는 어떻게 할 것인가.

이 문제는 역사 이래 윤리와 도덕이 하나의 잣대로 사용되어왔다. 시대마다 그 잣대의 사용 방법이 다르지만, 그것이 현실적이 잣대라고 생각했고, 각자의 양심에 따라 결정될 수밖에 없었다.

그것은 각자의 양심에 맡길 것인가. 그것은 왠지 공정하지 못하다는 생각이 든다.

사람의 양심은 주관적이다. 자신의 이해관계에 따라 사회규범을 해석하게 될 여지가 있다.

자신이 자신에게 벌을 내릴 수 있을까. 불가능한 일이다.

그렇다면 종교적인 판단을 기다릴 것인가. 그것도 어려울 것 같다.

사랑과 자비, 용서가 모든 종교의 기본적인 사상인 것으로 비추어 볼 때 죄에 대한 대가를 반드시 치르게 할 수는 없을 것 같다.

모든 죄가 종교적 이유로 용서가 되어 인과응보의 법칙이 작용하지 않는다면 우리들의 삶과 사회는 얼마나 큰 혼란에 빠져들까. 두렵고 무서운 일이다.

인간은 다른 사람을 용서할 수 있지만, 하지만 절대적인 힘을 갖고 있는 신만은 죄지은 자에 대해서는 반드시 벌을 내려야 한다. 그래야 형평에 맞고 공정하다는 생각이 든다.

죄를 짓고 대가 없이 사랑과 자비라는 이름으로 용서를 받는다면 고통받은 자의 아픔과 슬픔은 누가 보상해 줄 것인가?

우주에는 보편성보다 필연성이 강조되는 단 하나의 법칙이 있다.

자연법 사상 또는 우주의 섭리라고 하면 어떨까.

인과응보의 원리는 법이나 신의 법칙이 아니고 자연의 법칙이라면 신도 동의할 것이다.

자연은 개인의 양심, 사회규범, 종교의 사랑과 자비를 떠나서 자연법칙에 따라 공정하게 이 원리가 우리의 삶에 적용되고 있다.

죄를 짓는 자 반드시 벌을 받는다.

따라서, 지극히 자연스럽게 일상적인 생활 속에 중요한 법칙으로 알게 모르게 우리의 삶을 지배한다.

이 법칙은 언제 어디서나 오늘이 아니면 내일, 생사를 넘어 사후까지도 반드시 이 응보의 법칙이 작용한다는 사실 앞에 우리는 자신을 돌아보며 옷깃을 여며야 한다.

인간은 자연에서 태어났기 때문에 이 자연법칙에 순응하며 사는 것이 지극히 자연스럽다는 생각을 한다.

죽었다 사는 나무

농장에는 참나무가 두 그루가 서 있다.

기품 있는 참나무라고 하면 그 표현이 어떨지 모르지만 연로하신 분들의 말에 의하면 백 년은 넘었다고 한다. 어림잡아 둘레는 한 60cm, 높이는 25m 정도는 될 것 같다.

기품이 있다고 한 것은 여느 참나무보다 모양새가 그럴듯해서다.

물론, 수령이 수백 년 되는 소나무에 비하면 그에 못 미치지만, 참나무로써는 좋은 편이다.

정년을 하면 농장을 만들고 유유자적하며 살아야겠다는 생각에 화성시 이화리에 마련했던 땅에 몇 년 동안 유실수와 정원수를 심고 정성 들여 가꾼 덕에 이제는 제법 농장다운 모습으로 변해가고 있다.

그러자 동네 주민들이 가끔 지나가다 농사짓는 법도 가르쳐 주고 대화를 하다 보니 이제는 스스럼없는 가까운 사이가 되었다.

그런데 그분들이 지나가면서 한마디씩 하는 말이 있다. 그 참나무를 베어 버리라는 것이다.

그늘 때문에 농작물과 나무 성장에 도움이 안 되고 피해만 준다고 한다. 농장 한가운데 있으니 그럴 만도 하다.

베어내야겠다고 마음먹는다. 그런데 몇 가지 문제가 있다.

우선 베어내는 과정에서 그 밑에 몇 년간 정성 들여 가꾼 나무들의 피해가 클 것 같고, 다음은 거목이라 위험하므로 장비를 갖춘 전문가가 작업을 해야 할 것 같다.

무엇보다도 나는 그 나무에 정령이 있다는 생각이 든다. 우리 민족이 갖는 애니미즘 사상이라고 할까, 정령 숭배 사상이라고 할까.

고목에 혼령이 있어 베어내면 벌을 받는다는 등 옛 노인들의 말이 께름칙하기도 하다.

어린 때부터 들어왔기에 미신이라고 그냥 넘어가기에는 왠지 마음이 걸린다. 그런데 나는 유독 이 나무에는 정말로 멋진 정령들이 살고 있다는 생각을 떨칠 수가 없다.

그렇지만 잡다한 생각을 버리고 베어내기로 마음먹었다.

그에 반해서 친지나 친구들은 절대 반대다. 그늘로 인해 다른 나무나 작물에 피해가 좀 간다고 해서 저 멋진 나무를 자르는 것은 너무 상업적 발상이란다.

생활수단의 농장이 아니라면 자연과 더불어 노후를 사는 나에게 저 참나무는 새로운 동반자라는 것이다.

베어내지 않기로 마음먹는다.

그런데 선뜻 베어내지 못하는 데는 또 다른 첫 번째 이유가 있다.

달 밝은 밤이면 나무가 움직인다.

'구름에 달 가듯이'가 아닌 구름에 나무 가듯이 참나무가 움직인다.

아주 서서히 밭을 지나고 논을 지나 숲으로 향한다. 구름이 멈추면 다시 돌아와 삶에 지친 나를 잠시 동화 속의 세계로 이끈다.

초승달, 그믐달, 보름달이 나무 뒤에 숨어 나뭇잎이 흔들릴 때마다 달빛이 일렁인다.

바람이 불면 나뭇잎에서 반사되는 달빛이 환상적이다. 햇빛이 강물에 반짝이듯이 나뭇잎이 반짝이고, 나뭇잎 소리인지 바람 소리인지 구별하기 어려운 소리가 그 나무에서 들린다. 특히 한밤중에 들리는 소리는 신비스럽다.

겨울 한밤중 달빛과 함께 나뭇가지를 스치고 지나가는 스산한 바람 소리가 마음을 스산하게 하지만 정령들이 잠들지 않고 나를 지키고 있다는 생각에 안심하고 잘 수 있다.

동심 같은 생각이다.

계절에 따라 달라지는 그 소리가 좋다.

때로 나무는 다른 생명체를 키우는 거대한 생명체다.

철 따라 온갖 새들이 날아들고 수액을 찾아 나비와 벌들이 그리고 개미와 때로 장수풍뎅이도 찾아든다. 가을이 되면 동네 아이들이 우르르 몰려와 도토리 주우며 활짝 웃는 모습도 좋다.

수액과 도토리는 누구를 위한 유혹일까, 아니면 수많은 생명들을 위한 자기희생일까.

분명한 것은 참나무의 일방적인 희생 아닌 넉넉한 베풂이다.

이 나무에 우주가 있다면 지나친 과장일까.

매미가 한여름 시원스럽게 울어 댄다. 거미가 집을 짓고 마냥 기다린다.

바람 소리와 구름과 달빛, 새들과 벌과 나비, 매미와 개미, 그리고
수많은 생명이 밤낮없이 돌보는 정령의 보호 아래 살아가고 있다.
나 또한 그들과 함께 이곳을 찾았다. 나도 작은 우주 속에 살며 자연
과 호흡하며 그들과 함께 살아간다.
참나무가 그 자리에 당당하게 존재해야 할 이유다.

달과 사랑

정월 보름
둥근 달을 보면
하늘이 둥글고 땅도 둥글다.

그날이 오면 나는 달을 훔치는 버릇이 있다.
밝고 풍요로운 그 마음을 훔치고,
그리고 한 달을 산다.

사람들은
달을 두고 사랑은 약속을 하지 않는다.
변하기 때문에.

달은 결코 변하지 않는다.
자연의 질서에 따라 움직일 뿐

달의
변화는 변신이지 변심은 아니다.
달의 본질은 둥글고,
한결같다.
눈에 보이는 것만이 진실이 아니듯

태양은
신성을 가진 존재로 경이롭고
달은 인성을 가지 존재로 아름답다.

사랑은 경이로운 것이 아니리 아름다운 것
달을 보며 사랑을 키워간다.
아름답게.

무제

가끔은 외출을 하고 돌아올 때
요즈음 생긴 일로
지하철에서 나와 출구까지 올라가는 데

계단을
에스컬레이터를 아니면 엘리베이터를
생각한다.
어떤 것을 이용할까?
선택권을 나에게 있으니
지금 어느 방법을 택하든 아무 문제가 없어
곧바로 실행에 옮길 수 있다.

이런 선택권을 가진 지금의 나에게 감사한다.
이런 나를, 누구는
"참 할 일도 없는 친구다."라고 핀잔이다.
정말 할 일이 없다.

그런데, 할 일이 없는 것이 아니다.
미루거나 방치해서 할 일을 더 늘어난다.
움직이고 싫고 귀찮다.

체력 때문일까, 마음이 문제일까.
시간은 많고 꿈이 없어서일까.
생각 없이 편하게
나이 듦의 현상이라고 핑계를 댄다.

아무튼, 어느 날인가
이런 선택권마저 빼앗긴다면
내 일상은 어떤 변화가 일어날까.

오늘은 서슴없이 계단을 선택한다.
이런 날이 더 오래 지속되기를
바라면서.

사막은 살아 있다

카이로 남동부
짙푸른 홍해 바닷가 휴양지
'후루가다'

그 뒤로 펼쳐진 사막
바위산과 모래 사이에
솟은
이름 모를
단 한 그루의 푸른 나무가 신비롭다.

메마르고 텅 빈 내 가슴에
신앙처럼
마음에 담아간다.

이번 이집트 여행은 남쪽에서 출발해 나일 강을 따라 북쪽으로 향한다.
아브 심벨, 아스완 하이댐, 룩소르, 기자, 카이로로 이어지는 여행코스로 카이로로 들어가기 전 마지막 여행지인 후루가다에 도착했다.
홍해 바닷가에 조성한 휴양지로 유럽인들이 많이 찾는 곳이라 한다.
휴양지답게 깨끗하게 정돈된 거리와 상가들, 건물 사이로 가로등 불빛이 메마른 사막의 도시를 아름다운 환상의 도시로 탈바꿈하게 한다.

리조트 창밖으로 푸른 잔디밭을 지나 실내 수영장, 그곳을 지나면 야자수 사이로 푸른 빛깔의 홍해가 눈앞에 아득히 펼쳐진다.

홍해, 붉은색의 바다라고 생각했는데 의외로 아주 짙푸른 색깔의 바다다.

홍해(red sea)라면 붉은색의 바다라는 뜻인데 원색의 짙푸른 이유는 무엇일까.

가이드의 설명은 이렇다. 홍해, 원래 갈대(reed)가 많은 지역으로 구전되면서 영문자 e가 탈락해서 갈대의 영문자 e 탈락해서 red sea 가 되었다는 것이다.

그럴듯한 설명인데 역사적 사실인지는 모르겠다.

이곳에서 옵션(option)은 사막 투어다. 사막 지형과 동시에 많은 별을 볼 수 있고 베두인의 거주지를 볼 수 있다는 가이드 말에 관심이 가서 신청했다.

시내에서 빠른 속도로 20분 정도 걸리는 거리다.

저 멀리 사막의 산군들이 보인다. 검은 색깔의 바위산과 그 사이로 회백색의 모래가 펼쳐져 있다. 바위산 정상에서 보는 사막의 조망은 또 다른 볼거리다.

놀라운 것은 그 회백색의 모래사막에 한 그루의 나무를 보았기 때문이다.

주변에는 암석과 모래뿐이 곳인데 높이가 4~5m가 되는 성목이 의연히 뿌리를 내린 채 푸름을 자랑하고 있다.

이 사막에 단 한 그루의 나무만이 외롭게 서 있다는 것에 모두 놀라는 눈치다.

어떻게 이런 일이 있을 수 있을까.

바람에 날아온 씨앗이 아니면 베두인들이 심은 것인가.

바싹 마른 모래 위에 씨앗이 싹을 틔우는 것은 불가능한 일이고 베두인이 그곳에 단 한 그루의 나무를 심는다는 것도 통상 있을 수 있는 일은 아닌 것 같다.

하여튼 간에 신기하고 이해할 수 없다.

누군가가 심고 물을 계속해서 주었다고 생각할 수밖에 없다.

재미있는 것은 가이드가 각자 가지고 온 페트병 물을 나무에 주라는 것이다.

아, 그렇구나, 어떻게 해서 싹이 트게 되었는지는 알 수 없지만, 사막을 찾는 사람들이 물은 주어서 큰 나무로 자랄 수 있게 한 것만은 틀림없다.

그래서 모두들 페트병을 꺼내 나무에 물은 주었다.

페트병을 가져오지 못한 사람들은 무언가 아쉬움이 남았든지 다른 사람의 페트병은 달래 가지고 물을 준다. 나도 물을 주고 사진을 찍었다.

사막 한가운데 오직 한 나무만이 성목으로 존재한다는 것에 놀라움을 금할 길 없다.

외로울까, 무서울까 아니면 자랑스러울까.

외롭지도 무섭지도 않을 것이다. 이곳을 찾는 사람들과 대화를 하고 경이로운 눈으로 따뜻한 시선을 보내는 사람들과 마주할 것이다.

밤에는 달과 별들을 만나 빛의 향연을 받을 것이며, 이 땅의 소식을 전하고 하늘의 소식을 들을 수 있어 외롭지 않은 것이다.

사람과 별과 달이 항상 가까이 지켜보는 가운데 더 큰 나무로 성장해 이 사막이 죽음의 땅이 아닌 살아 숨 쉬는 땅으로 오랫동안 그 자리에 의연하게 서 있기를 바라는 마음이다.

경허 스님과 간월암

친구 k한테서 카톡으로 긴 문자가 왔다.

친구들하고 간월암을 여행하고 왔다는 내용의 글이었다.

간월암은 충남 부석면 간월도리에 위치한 암자다.

무학대사가 창건하고 만공스님이 중건했다고 한다.

경허스님(1849년. 법호 경허, 법명 성우, 속명 송동욱)에 대한 글과 간월암 사진이 몇 장 실렸다.

나는 최인호의 소설 『길 없는 길』에서 경허 스님과 처음 만나게 되었다.

『불새』를 비롯해 도시적 감수성이 뛰어난 그의 작품은 읽은 적이 있고, 관심이 가는 작가라 출판되자마자 구입해 읽었다.

불교에 대한 관심이 있기에 전 6권을 밑줄을 쳐가며 정독했다. 읽은수록 어설프게 알고 있었던 불교와 선종에 대해 많은 것을 배우게 되었다.

나는 그를 단순히 인기 있는 대중적인 작가로만 생각했다. 읽고 난 후 나는 작가 최인호에 대한 평가를 달리했다.

기독교인인 그가 불교에 대해 관심을 가진 것과, 그리고 그 많은 자료들을 언제 어디서 수집했을까 하는 생가 때문이다.

이 책을 읽으면서 경허 스님과 우리나라 선불교의 전래 과정과 어떻게 발전되어 왔는지를 알게 되었다.

그리고 그 과정을 역사적인 관점에서 흥미 있게 전개한 책으로, 내가 불교에 대한 시각을 달리하는 데에 많은 도움을 주었다.

소설적인 재미보다는 선불교에 대한 관심을 갖게 한 책으로, 막연하게 알고 있던 선종에 대한 종교적 관점을 달리하는 계기가 되었다. 불교도가 아닌 사람이라도 관심을 가질 만한 책이고 그의 소설적 실력을 그대로 증명한 작품이라고 생각한다.

이 책을 읽으면서 나는 의왕시에 있는 청계사, 간월암을 알게 되었다.

청계사는 의왕시 청계산에 위치한 궁중사찰로 경허 스님이 그곳에 머물며 사바대중을 위한 설법을 하신 사찰로 역사가 깊은 절이다.

분당에서 가까운 거리에 있는 고찰이기에 불교도이신 어머니를 모시고 불공을 드리러 자주 가던 절이다.

어머니의 유언에 따라 청계사에서 49제를 올려드리기도 했다.

수덕사는 경허 스님이 참선 정진한 곳이며 충남 덕숭산에 자리한 고찰로 백제 위덕왕 559년 지명법사가 창건했다는 설이 있으나 분명치 않다고 한다.

현재는 대한불교 조계종 5대 총림 가운데 하나인 덕숭총림으로 충남 일대의 36개 말사를 관장하는 제7구 본사이다.

영조와 순조 때 대웅전 중수를 끝으로 오늘에 이르렀다고 한다.

세간에 떠도는 일엽 스님과 춘원 이광수 선생님과의 일화 정도를 알고 있던 것이 내가 그 절에 대한 지식의 전부였다.

이 책을 통해서 조계종으로 천 년의 아름다움을 간직한 사찰인 것과 경허 스님뿐만 아니라 그의 제자인 만공 스님과 수월, 혜월 스님도 알게 되었음은 물론이고 한국 선불교의 중요한 도량인 것도 알게 되었다.

그리고 간월암에 대해서도 이 책을 통해서 처음 접하게 되었고 그 후 이런저런 이유로 간월암을 몇 번 찾은 적이 있다.

모두 성우 스님과 관련된 사찰들이며 암자이다.

아내와 아이들과 함께 그곳을 여행을 하며 매헌 윤봉길 의사의 사당에 참배하였고, 절에서 하룻밤을 머물며 절에 대한 역사와 고승들의 자취를 만날 수 있었다.

책에서 읽은 경허 스님의 일화를 옮겨본다.

천장암에서 깨달음을 얻기 위해서 수도 정진하실 때 한 손에는 생사부이라는 칼을 쥐고, 송곳을 꽂은 널빤지를 놓아 졸음과 싸웠으며 "소가 되더라도 콧구멍이 없는 소가 되라." 하는 말을 화두로 깨달음을 얻으셨다고 한다.

선문답으로는 "나귀의 일이 끝나지 않았는데 말의 일이 닥쳐왔다." 말씀을 남기시었다.

깨달음의 세계란 어떤 것인가.

탐진치, 삼독에 빠져있는 나 같은 중생에게는 너무나 먼 종교의 세계라는 생각이 든다.

그리고 다음과 같은 임종계를 남기면서 입적하시었다고 한다.

"마음의 달이 둥그니 만상을 삼켰도다. 빛과 경계를 함께 있으니 다시 이것이 무엇인고?"

나로서는 이해할 수 없는 선문답이다.

친구의 글로 그동안 잊고 있던 경허 스님을 잠시나마 만나 뵐 수 있었고, 그것이 조금이나마 내 일상을 되돌아볼 기회가 되었다.

시간이 나는 대로 경허 스님의 발자취를 따라 여행을 하면서 점점 마음의 평화를 잃어가는 나를 살펴볼 시간을 가졌으면 한다.

섬 집 아이

엄마가 섬 그늘에 굴 따러 가면
아기는 혼자 남아 집을 보다가

바다가 불러주는 자장노래에
팔 베고 스르르르 잠이 듭니다.

아기는 잠을 곤히 자고 있지만
갈매기 울음소리 맘이 설레어
다 못 찬 굴 바구니 머리에 이고
엄마는 모래 길을 달려옵니다.

한인현 시, 이흥렬 곡, 「섬 집 아이」 동요다.
많은 사람들이 이 동요를 부르기도 하고 즐겨 듣기도 한다.
나는 이 노래를 들으면 동요가 아니라 가곡이라는 생각이 든다.
왜냐하면, 아이들이 이 시의 의미와 상황을 얼마나 이해할 수 있을까.
그래서 어린이보다는 어른들이 불러야 이 곡의 서정성을 더 잘 이해
할 것 같다.
달리 표현한다면 어른들의 동요다.
아내는 모든 동요 중에서 가장 슬픈 동요가 「섬 집 아이」라고 말한다.
부르지도 않지만 연주나 노래가 나오면 채널을 다른 데로 돌리곤 한다.

나도 이 곡이 서정성이 깃든 아름다운 곡이라고 생각하지만, 너무 애잔해서 때론 슬픔에 젖어들게 된다.

"갈매기 울음소리에 맘이 설레어
다 못 찬 굴 바구니 머리에 이고
엄마는 모래 길을 달려옵니다."

이 시 구절이, 하던 일을 멈추고 갈매기 울음소리가 어린아이의 울음소리로 들려 불안에 떨며 바닷가 모래 길을 초조하게 달려가는 엄마의 마음을 너무나 아름답게 표현했다는 생각이 든다.

아내는 이런 상상을 한다.

남편은 아마 어부일 것이다. 새벽녘에 바다 멀리 고기잡이를 나갔으리라.

지금쯤은 만선의 뱃머리에 앉아 아내와 아기를 생각하며 황혼이 깃든 포구로 돌아오고 있을 것이다.

또 다른 상상은 아마 사랑하는 아내와 어린아이를 섬에 남겨두고 내일을 위해 서울로 돈 벌러 갔을 것이다. 남편이 열심히 돈을 벌어 곧 섬으로 돌아올 것이라는 꿈을 꾸면서.

그래서 엄마는 혼자서 살림을 꾸려나가기 위해 어린아이를 혼자 집에 두고 산그늘이 덮인 바다로 굴 따러 간다. 차마 발길이 떨어지지 않지만 살기 위해서 그리고 머지않아 남편이 돈을 많이 벌어 집으로 돌아오는 그런 모습을 상상할 것이다.

곧 그것이 아기 엄마의 꿈이며 희망이다.

그래서 모든 어려움을 이겨내며 아기와 함께 섬을 지키며 살고 있다.

반대로 아내는 이런 또 다른 상상을 한다.

돈 벌러 서울 간 남편은 처음에는 열심히 일해 돈을 벌었지만, 도시의 유혹에 빠져 섬에 두고 온 아내와 아이를 까맣게 잊고 있을 수도 있다는.

매사를 긍정적으로 밝은 면만 보는 아내가 웬일인지 이 노래에 대해서만은 다소 부정적인 생각을 갖고 있다.

아내는 후자의 경우가 맞을 거라는 생각을 하는 것 같다.

흔히 말하는 신파조의 영화 같은 이야기지만 해방과 더불어 6·25의 격동기에 작사 작곡되었다면 충분히 그런 개연성이 있다고 볼 수 있다.

문학 작품이나 노래가 시대상을 반영한다는 전제로 말한다면 더욱 그렇다.

가난을 벗어나기 위해 농어촌에서 많은 사람들이 무작정 서울로 상경했던 시기였기 때문에 아내의 상상을 허구로만 생각할 수 없다.

그래서 아내는 같은 여자의 입장에서 이 동요가 가장 슬픈 노래라고 생각하는 것 같다.

나도 그런 생각을 하며 듣다 보면 정말 이보다 더 애잔하고 슬픈 노래는 없을 것이라는 생각이 든다.

나는 말한다.

"만선의 배 위에서 아내와 아기를 생각하며 포구로 돌아오고 있는 건강한 어부를 그려보라고."
진정 나의 바람이기도 하다.

피라미드 앞에서

피라미드 앞에서
첫 느낌은
경이로움과 의문이
잠시 현재의 시간이 멈춘듯하다.

달의 신비가 오래전에 깨지고
피라미드의 신비도,
파라오의 권위도 훼손된
오늘.

이집트인의 염원인
영원한 삶은
지금 변함없이 유전되고 있다.

피라미드 시대는 신상의 축조물에서
중세에는 종교에서
오늘은 의학에서 찾고 있다.

시간이 잠시 밀려난
이곳

파라오의 염원은 이뤄졌는지?
묻는다.
람세스도 투탕카멘도 말이 없다.

폭풍우 속으로

우산을 쓰고 탄천을 걷는다.
일기 예보대로
거센 강풍과 댓줄기 같은 비가 세차게 내린다.

폭우를 동반한 태풍이 지나가고 있다.
초속 30m/sec
몸을 가누기조차 힘 든다.
오늘따라.
무기력하게 피하고 싶지 않다.

검은 구름은 하늘을 집어삼킬 듯
황톳빛 강물은 무섭게 불어나고
가로수는 뿌리를 드러낸다.

어찌 된 일일까.
어디서 솟는지 갑자기 가슴이 뜨겁게 고동친다.

강풍에 우산이 사납게 날아간다.
폭풍우 속을 뚫고 맨몸으로 뛰기 시작한다.
맞선다.
아, 통쾌함과 전율이 폭풍우 속에 있다.

나의 집

"즐거운 곳에서는 날 오라 하여도
내 쉴 곳은 작은 내 집뿐이리."
「즐거운 나의 집(Home Sweet Home)」의 한 구절이다.
존 하워드 페인(Jone Howard Payne, 미국 극작가 시인, 1791~1852)의 시
에 헨리 비숍(Sir Henry Bishop, 영국 작곡가, 1786~1855)의 작곡이다.
우리나라 사람치고 이 노래를 모르는 사람은 없을 것이다.
내 기억으로는 초등학교에 입학해서 외국 노래로는 맨 처음 배운 곡
이 아닌가 생각된다.
정작 비숍은 13살에 부모를 여읜 뒤 세상을 떠날 때까지 떠돌이 생
활을 하였고, 독신으로 살았기에 가정은 물론 자기 소유의 집을 가
져 본 적도 없다고 한다.
그래서 가정과 내 집에 대한 간절한 소망이 역설적이게 이 곡을 작
곡하게 된 동기를 준 것이 아닌가 생각된다.
많은 사람들이 이 노래를 부르고 공감을 표하는 것은 그만큼 집이
갖는 중요성을 말해준다.
home과 house 전혀 다른 개념으로 사용된다고 한다.
home은 가족관계라는 인간 중심이라면 면 하우스는 건물 그 차체
를 의미한다고 한다.
집에 간다는 말은 home일까, house일까? 우리는 생각 없이 같은 의
미로 사용하는 경우도 있다.

가정은 집에서 이뤄지기 때문이 혼동해서 사용해도 사람들은 크게 불편을 느끼지 않는 가 보다.

우리에게 집이 곧 가정이요 가정이 곧 집이다.

그래서 우리는 house에 대한 집념이 그 어느 나라보다도 강한가 보다.

우리 세대는 삶의 목적을 house를 장만하는 것이었다. 어쩌면 그것이 유일한 삶의 목표였고, 그것을 달성하기 위해서 자녀 교육 말고는 모든 것을 포기하며 살았다.

house 대한 생각도 시대의 흐름에 따라 변화되고 있지만, 아직도 집에 대한 집착만은 여전하다.

정부정책에 가장 중요한 것이 주택정책인 것만 봐도 그렇다. 정권의 성공 여부는 주택정책에 따라 결정된다고 말한 정도다.

특히 젊은 세대는 절박함까지 표출되는 것이 요즘 우리 사회의 어두운 현상이다.

심지어 집값이 천정부지로 급상승하자 영끌족이라는 말까지 나오지 않았는가.

심리적으로 불안하니까는 영혼까지 끌어모아 집을 산다는 것이다.

가슴 아픈 일이지만 슬픈 우리 현실이다. 젊은 사람들이 결혼을 안 하는 이유가 경제적 문제 때문이란다.

그래서 연애와 결혼도 심지어는 아이도 낳진 않는다고 한다. 한때는 유행어처럼 삼포 세대란 말도 있었다. 어찌 보면 경제적 이유 즉 한 가정을 이루기 위해서는 집이 절대적인 조건이기 때문이다.

요즘 젊은 사람들은 집 장만을 위해 모든 것을 포기하기보다는 자유롭게 홀로 옮겨 다니며 사는 것이 더 편하다는 생각하고 있는 것 같다.

내 소유의 집이 없다는 것은 자신의 치명적은 결점으로 생각하고 있기 때문이리라.

그래서 본의 아니게 독신을 고집하기도 한다.

정도의 차이는 있겠지만, house의 문제는 전 세계적인 문제라고 본다.

한국적인 상황은 집이 너무 많아도 문제, 적어도 문제가 된다. 집값 상승해도 아우성, 하락해도 아우성 참으로 힘든 정책인 것 같다.

북한산, 관악산 남산 구룡산 정상에 올라 시내를 내려다보며 하던 생각이 난다.

내 집이 없을 때는 저 많은 집중에서 아직도 내 집이 없다니 하는 좌절감에 마음이 무겁게 짓눌린다.

이것저것 포기하고 집을 장만한 지금은 같은 산 정상에 올라 시내를 내려다보며 내 집이 어느 방향 어디쯤 있을까 한참 찾아본다.

'아, 내 집이 저쯤에 있구나.' 하며 가벼운 마음으로 산을 내려온다.

아마 지금도 많은 사람들이 나와 같은 경험을 하거나 했을 거라는 생각이 든다.

어쩌면 더 강하게 좌절과 서글픈 마음으로 산을 내려올지도 모른다.

그러나 너무 슬퍼하거나 우울해 하지 마십시오.

머지않아 당신도 나같이 내 집을 갖고, 산 정상에 올라 내 집의 위치를 찾아볼 날이 반드시 올 테니, 희망과 용기를 가지십시오.

청장 열차

늘 머릿속에 숙제로 남아있던 청장 열차 여행,
여행 일정을 이러했다. 북경에서 출발 티베트 라사까지 이어지는
3,536km 거리, 그리고 다시 라사에 히말라야 산맥을 넘어 네팔의
카트만두까지 925km, 장장 4,400km가 넘는 거리로 소위 말하는
road trip이다.
낯선 역에서 잠시 몇 번 정차할 뿐 북경에서 탄 열차로 라사까지 간다.
시간은 40시간, 날짜로는 2박 3일로 열차 내에서 생활해야 한다. 1
실 4명이 비좁은 침대칸에서 얼굴을 맞대고 지내야 하며 식사는 스
스로 해결해야 한다.
전체 인원은 11명으로 침대칸을 배정받아 오후 8시 출발하는 열차
에 올랐다.
어떤 분들일까. 궁금하기도 하고 낯선 분들과의 기차 여행, 기대되기
도 한다.
내가 일행 중에 제일 나이가 많다는 사실을 이미 알고 있었지만 가능
하면 나와 비슷한 연배의 분과 함께 여행하는 것이 좋겠다고 생각했다.
객실은 2호실로 지정된 좌석에 앉았다. 잠시 침묵이 흘렀다. 내 앞 1
층 맞은편에 앉은 70대 중반의 한 분이 서먹한 분위기를 깼다.
"이것도 인연이니 2박 3일간 즐겁게 여행하자." 하고 웃으며 손을 내
밀며 일일이 악수를 청했다.
동의 표시로 악수를 하며 웃고 받았다.

외국인들이 우리를 처음 만났을 때 이해할 수 없는 두 가지 질문이 있다고 한다.

하나는 나이 묻는 것, 다른 하나는 고향이라고 한다. 모두 사생활에 관한 것이다.

나이 들어서 여행하다 보니 자주 나이를 물어 와 난처할 때가 많다. 이번에도 예외 없이 그랬다. 혹자는 말한다. 한국의 유교적인 관습에서 오는 서열 문화라고 한다.

장유유서라고 할까.

50대의 총각, 두 분은 70대, 80대는 나 혼자다.

또 하나는 고향이다. 시간이 좀 지나면 그다음은 어디 사느냐, 고향이 어디냐 묻는다.

사는 장소가 같은 곳이거나 고향이 같으면 비교적 스스럼없이 친해지는 동향의식이 강하다.

때로는 지역적 정서 때문에 조금은 대화의 내용에 신경이 써야 할 때가 있다.

즉 정치적인 성향이 서로 다르기 때문이다. 이는 거의 무조건 적이다. 물론 우리만의 정치 문화는 아니지만 우리는 그 농도가 너무 짙다. 거기에 앞장서서 큰 역할을 한 사람이 정치인들이다. 화합보다는 편 가르기를 통해서 정치적 이득을 보기 때문이다.

고향은 각기 다른 서울 경기 충청 전라도이지만 한 분을 제외하고 생활터전은 모두 서울이다.

여행 중에 알게 되었지만 70대의 L 씨는 제약회사의 감사, 한 분은 전주에서 중소기업을 경영하시는 분, 50대의 총각은 K자동차의 중견 사원이다.

각기 다른 직종에 종사하는 분들로 현직에서 활동하고 있다. 단지 나만이 연금 생활자다.

열차 내에서의 2박 3일. 식사 시간이 되면 카트 끌고 다니며 파는 음식을 사 먹거나 아니면 식당 칸을 이용한다.

입에 맞지 않으면 열차 내에 준비된 뜨거운 물로 라면을 먹을 수도 있다.

도시락도 괜찮고 식당 칸의 음식도 입에 맞았다. 달리는 열차 내에서 차창 밖을 바라보며 식사하는 멋스러움도 좋았다.

열차의 시설은 기대에 못 미치지만 여행하는 데 큰 불편 없어 즐겁게 여행할 수 있었다.

이번 여행이 더욱 즐거운 것은 네 사람이 2박 3일 동안 얼굴을 마주 보며 비좁은 공간에서 생활하다 보니 많은 대화를 할 수 있었다는 점이 좋았다.

다른 사람이 살아온 삶의 과정과 현재 미래에 관한 이야기를 들을 수 있기 때문이다.

내 삶과 다른 삶을 피상적으로나마 엿볼 수 있다는 것은 내 삶을 다시 한 번 반추해 볼 수 있는 시간이 되기도 한다.

여행을 하다 만난 사람 중에는 역경을 극복하고 일군 삶, 처음부터 좋은 조건에서 오늘에 이른 삶, 태어나면서부터 가난하게 살아온 삶

등 다양한 우리들의 삶의 모습을 직접들을 수 있다.

그래서 삶에는 정답이 없다는 생각을 하게 된다.

나는 어떤 삶을 살았을까.

저 멀리 펼쳐진 히말라야 산맥의 산군들을 바라보며 그래도 어떠한 삶이든 아름답고 가치 있는 생명의 발현이라는 생각을 해 본다.

티베트 라싸에서 히말라야 네팔 국경검문소까지는 버스를 이용해 티베트고원을 지난다.

9월 달 최고기온이 20도 최저기온 8도 여행하기에 좋은 가을 날씨다. 푸른 하늘에 흰 구름이 점점이 떠 있고 드넓은 초원에 한가롭게 풀을 뜯고 있는 야크의 모습이 평화스럽다.

일찍이 경험하지 못했던 풍광이다.

네팔 국경 검문소를 지나서는 카트만두까지는 지프차를 이용했다.

히말라야 산맥을 넘어서부터는 기후가 티베트보다는 온화한 것 같다.

저 멀리 히말라야의 연봉들이 구름 사이로 우리를 맞는다. 초원과는 다른 경관이다. 초원기후에서 온대성 기후로 변화기 때문이리라.

한마디로 이고의 자연환경은 퍽 풍요롭다는 생각이 든다.

호텔에 들었다. 카트만두까지는 한참을 더 가야 한다.

아침 일찍 일어나 계곡을 찾았다. 옅은 안갯속을 걸으며 잠시 멈춰 물소리를 듣는다.

아침 안개가 피어나는 계곡에서 그동안의 일정을 잠시 되돌아본다.

카트만두는 3번째 방문이라 그런지 낯설지 않아 마음이 편안하다.

타르초를 걸다

버킷리스트(buck rist)의 하나로 북경에서 청장 열차로 티베트 라사, 히말라야 산맥을 넘어 네팔 카트만두에 이르는 일정으로 인천공항을 출발했다.

약 4,500km의 거리를 기차와 버스 지프차를 이용하는 약 2주간의 로드 트립(road trip)이다.

칭하이성을 지나 한여름 더위와 우기가 물러간 티베트 고원에 들어섰다.

계절은 이미 초가을로 접어들었고 끝없이 펼쳐진 초원에는 양 떼들과 야크의 모습이 한가롭다.

히말라야 산맥이 가까워지자 저 멀리 주위의 설산들이 보이고 흰 구름이 띄엄띄엄 떠 있는 호수는 푸른 거울이 내려앉은 듯하다.

해발고도 3천 미터가 넘어서면서 고산증세가 서서히 나타나기 시작한다.

5천 미터의 고개 정상에서 타르초 걸기 행사가 있다고 한다.

타르초(tharchog), 중앙에 깃대를 세우고 그 깃대에 몇 가닥의 줄을 원뿔형으로 연결해 지면에 고정시키고 다섯 가지 색깔의 천을 걸어 놓은 것으로 신의 가호를 받게 해달라고 설치한 라마불교의 설치물 중 하나다.

현지 가이드가 미리 준비해온 가로세로 50cm가량 되는 천 조각을 하나씩 주며 소원을 쓴 다음 줄에 줄줄이 걸라고 한다. 모두들 진지한 마음으로 소망을 써서 줄에 매달았다.

5,000m 넘는 고산지역으로 바람이 강하게 불고 고산 증세가 조금씩 더해 가 호흡하기에 불편하지만 잠시 참을 만했다.

재미있는 행사라고 생각한다. 국내나 해외여행을 하다 보면 소원을 들어 준다는 소원풀이 장소를 곳곳에서 만날 수 있다.

나는 그럴 때마다 빠지지 않고 참여한다. 지금 그 소원이 다 이루어졌다면 지금의 나는 어떤 사람으로 변해있을까 생각해 본다.

이뤄지지 않는다고 믿기에 역으로 나는 더욱 소원을 간절히 빌며 기록을 남기는 것은 아닐까.

타르초에 어떤 소원을 적어 히말라야에 기록으로 남길까?

요약해서 3가지만 적기로 했다.

첫째, 아들 녀석이 금년에 결혼에 성공하기를.

둘째, 손녀가 내년에는 꼭 원하는 대학에 합격하고 가족들이 모두 건강하고 행복하기를.

세 번째, 소원을 나에 관한 것으로 히말라야 산중에 어떤 소망을 타르초에 남길까.

퍼뜩 머리에 떠오른 것이 있다.

어쩌면 평소에 이런 생각이 머리에 떠나지 않았기 때문인지도 모른다.

"내 집에서 조용히 죽음을 맞이할 수 있도록."

그것이 언제일지 아무도 모르지만, 나의 간절한 소망이자 꿈이다.

그날 점심 식사 후 2호실에 동행했던 분들과 우연히 타르초 얘기가 화제의 중심이 돼서 자기가 기록한 소원에 대해서 한마디씩 했다.

세대에 따른 각자의 소망은 조금씩 달랐지만, 공통적인 것은 가족의 건강과 행복이다.

나 자신에 대한 소망에 대해서는 모두 동의하면서도 실현되기는 어렵다는 것이다.

노년을 사는 모든 사람들이 원하지만 현실적으로 불가능한 소원이라는 것이다.

맞는 말이다. 물론 나도 그 말에 전적으로 동의한다.

자신이 처한 환경에 따라서 원치 않지만 부득이 요양병원이나 요양원에 들어가는 경우가 대부분이다.

간호할 사람이 없다는 것이 제일 큰 이유라고 생각한다.

자식이나 배우자에게 폐를 끼치지 않겠다는 것이 부모들의 한결같은 마음 때문이기도 하다.

죽을 때 잘 죽는 것, 이것이 나의 소망이자 모든 사람들의 바라는 죽음의 모습일 것이다.

나는 어머니와 같은 죽음을 맞이하는 것이 나의 간절한 소망이다.

어머니께서는 집에서 2주간 편찮으시다가 98세의 연세로 자식들이 지켜보는 가운데 편안하게 눈을 감으셨다.

몇 살에 죽음을 맞이할지는 모르지만 건강하게 생을 마감하고 싶다.

모든 기관이 자연스럽게 제 기능 다 하고 조용히 정지하는 그런 삶이 되었으면 한다.

비록 나는 비종교인이라고 자처하지만, 이율배반적으로 히말라야라 산맥이라는 거대한 자연 앞에 서서 간절히 이런 소원을 빌어본다.

자연이 나를 이 세상에 조용히 보냈듯이 그렇게 조용히 생명을 거두어 갔으면 한다.

운명론자이기도 한 나에게 어떤 상태로 죽음을 맞을 것인가가 이미 결정이 되었다면 이런 소망은 더더욱 아무 의미가 없을 것 같다.

바람에 나부끼는 타르초를 뒤로하고 히말라야를 넘었다.

여름이 떠나면서

하늘이 높아지고
더위가 제풀에 물러나면
보내기 힘든 계절, 가을이다.
아무튼
다른 사람보다 일찍 찾아와
마음을 산란케 한다.
유독 나한테 더 심하다는 느낌이다.

가을, 이 힘든 시간을 어떻게 보낼까.
여행,
독서,
글을 써 볼까.
모든 일이 울울하거나 심드렁하다.

멍 때리기로 맞서 볼까.
마음을 둘 곳이 없고
공허함은 숨을 곳이 없다.

왜 그럴까?
높푸른 하늘과 낙엽,

죽음과 외로움에 대한 두려움,
시간의 변화를 받아들이지 못해서

아니다,
가을은, 여름이 물러가면서
훔치듯 많은 것을 가지고 간 텅 빈 계절이다.

스페인 마드리드

마요르 광장에서

금년 5월 말, 드디어 2주간의 일정으로 모로코, 스페인, 포르투갈 여행길에 올랐다.

관심이 많은 지역인데 웬일인지 순위에 밀려 이제야 비로써 출발하게 되었다.

특히 모로코의 카사블랑카, 스페인 바로셀로나의 사그라다 파밀리아(Sagrada Familia 성 가족대성당), 영국령 지브로올터에 관심이 많았다.

카사블랑카는 영화와 관련해서, 그리고 세계적인 건축가 안토니 가우디(Antoni Gaudi, 1852~1926)가 설계하고 현재 공사 중인 대성당을 보는 것이 이번 여행의 주목적이다.

물론 그 외에도 배를 타고 지중해의 지브로올터 해협을 건너 모로코의 탕헤르로, 그라나다의 알함브라 궁전, 롯시니의 오페라 세빌리아 이발사의 무대인 세비아, 세계 3대 미술관인 마드리드의 프라다 미술관, 그리고 포르투갈의 성모 발현지인 파티마 등 오랜 역사만큼이나 많은 유적지나 관광지를 볼 수 있어 어느 여행보다 뜻깊었다.

오늘은 여행의 마지막 날, 마드리드에서 프라다 미술관을 관람 후 저녁을 먹고 마드리드 시민들의 휴식처인 마요르 광장을 찾았다.

유럽의 모든 도시가 그렇지만 마드리드도 광장을 중심으로 관광객을 위한 식당을 비롯한 많은 상가들이 거리를 아름답게 장식하고 있다.

주어진 자유시간을 1시간 30분이다. 나는 혼자 여행을 떠났기에 나홀로 자유시간을 보내야 했다.

오늘은 전과 달리 혼자 다니는 것이 조금은 두렵게 느껴져 주변 상가들을 구경하며 걷다가 커피숍에 들렀다. 에스프레소를 마시며 맞은편 건물에서 펼쳐지는 삼성 갤럭시 24 울트라 전광판 광고를 보며 시간을 보냈다.

공항에서 삼성 광고를 보기는 했으나 거리에서 건물 벽 전체를 차지한 대형 전광판을 처음이다.

시간이 얼추 맞아서 광장으로 가는 도중에 상점 앞에 많은 사람들이 줄을 섰기에 기웃거렸더니 아이스크림을 파는 상점이다.

나도 긴 줄에 섰다. 그리고 가방에서 지갑을 꺼내 5유로 손에 들고 기다렸다. 해외여행 중 이렇게 혼자서 아이스크림을 먹기는 처음이다. 그리고 일행과 함께 호텔로 돌아왔다.

아침 비행기로 두바이를 향해 마드리드를 떠나는 날이다. 늘 그렇지만 여행을 무사히 마치고 집으로 돌아가기 위해 짐을 꾸리는 것도 또 다른 여행의 즐거움이다.

가방을 정리하고 침대에 팁을 놓기 위해 돈 지갑을 찾는데, 메고 다니는 가방 속에 분명 있어야 할 돈지갑이 없다. 들고 다니던 손가방을 뒤지고 어제 입은 옷을 샅샅이 살펴봐도 없다.

잠시 멍하니 생각한다. 소매치를 당했다는 생각이 든다.

가이드가 한 말이 생각난다. 가방을 뒤로 메면 뒤 놈이 옆으로 메면 옆 놈이 훔쳐가니 반드시 앞으로 메라는 말.

우리말에 말에 도둑을 맞으려면 개도 안 짖는다는 말이 있다. 열심히 가이드 말대로 앞에 메고 다니다가 그날따라 어깨너머로 메거나 걸치고 다녔다.

키가 자그마한 동양계 노인이 혼자서 복잡한 거리를 걷고 있으니 그들 눈에 내가 띄었을 테고 소매치기하기 좋은 대상으로 나를 표적 삼아 뒤를 밟았을 것이다.

줄을 서서 돈 지갑에서 붉은색의 유로화를 꺼내는 것도 보았을 것이고 곧 행동을 시작해서 교묘하게 가방에서 돈 지갑을 가져갔을 것이다.

방심이 부른 결과다. '그동안 많은 여행을 했어도 소매치기당한 적이 없었다는 자만심과 설마 내가 그런 일을 당하랴?' 하는 방심이 부른 결과다.

소매치기당한 액수는 60유로다. 1유로당 1,500으로 계산하면 한 90,000원 정도 된다.

다행히도 여권이나 카드는 소매치기당하지 않았다.

처음으로 1991년 혼자서 21일간 유럽 배낭 여행을 하면서 가이드의 권유로 여권이 들어갈 만한 주머니를 만들어 목에다 걸고, 현금보다는 여행자 수표를, 현금은 몸과 가방에 각각 나눠서 보관해야 한다는 주의 사항을 지금까지 철저히 지켜왔다. 2020년부터는 여행자 수표를 발행하지 않는다고 한다.

집에 돌아와서 친구나 아는 분들에게 여행 중 발생한 가벼운 에피소드 정도로 이야기했다.

그랬더니 한 친구가 이런 말을 들려준다.

친한 친구의 아들이 최근에 혼자서 자유여행으로 남아공화국의 케이프타운에 갔다가 큰 위험을 겪었다는 것이다. 나처럼 홀로 거리를 걷다가 흉기를 든 흑인 두 사람에게 골목길로 끌려가 현금은 물론 여권까지 강탈당했다는 것이다.

내가 지난해에 남아프리카 5개국을 여행하면서 가이드가 한 말이 생각났다. 케이프타운도 치안이 불안한 몇 안 되는 도시 중 하나로 손꼽히니 극히 조심해야 한다고.

마드리드에서의 일은 그 정도로 끝났으니 그나마 다행이라는 생각이 든다.

치안이 불안한 곳에서 특히 아시아 계통의 관광객이 혼자서 거리를 걷는다는 것은 표적의 대상이 되니 극히 삼가야 할 일이다.

오래전부터 여행하고 싶었던 3개국을 큰 탈 없이 끝마쳤다는 안도감과 별로 유쾌한 사건은 아니지만, 이야깃거리가 하나 생겼고 아주 특별한 경험을 했다고 생각하니 이 또한 여행이 주는 즐거움이 아닌가 하는 생각이 든다.

그러나 단 한 번으로 끝나야 하는 경험이다.

천국이 있어야겠다

오늘 아침에 너무나 아름답고 슬픈 신문기사를 읽었다.

기사의 주인공은 58세의 강미옥 씨다.

5명에게 장기기증을 하고 세상을 떠났다. 다른 말로 표현하면 5명에게 새 삶을 선물하고 하늘로 간 성스러운 여인이다.

경상북도 영덕군에서 5남 2녀 중 여섯째 딸로 태어난 강씨는 밝고 활발한 성격으로 어려운 사람을 보면 먼저 챙겨주는 따뜻한 분이었다고 한다.

출생연도로 계산하면 1965년생이시다.

그 당시 우리는 식량문제도 해결하지 못했고 냉전 시대라 생활 자체가 모두 팍팍할 때였다.

그런 상황에서 형제가 7명이나 되니 농촌에서 생계를 유지하기에도 힘들었을 것이고, 따라서 온전한 교육을 받기는 더욱 어려웠을 것이다.

결혼 후에도 궁핍한 생활은 끝나지 않았고, 그녀의 불행도 계속되었다.

첫째 딸은 23살의 나이로 일찍 세상을 떠났고, 둘째 딸이 4학년 때 남편과 사별을 했다.

신문 기사에는 그 이후의 생활상에 대해서는 아무런 언급이 없기 때문에 알 수가 없다.

그러나 남편을 잃고 다 큰딸은 가슴에 묻어야 했던 그녀의 마음은 어떠했을까.

짐작하기조차 싫은 이야기다.

2023년 7월 22일 개인 사업장에서 일하던 중 의식을 잃고 쓰러져 병원에 이송치료를 받았으나 회복하지 못하고 뇌사 상태에 빠졌다.

평소에 그녀의 유일한 자식인 둘째 딸 이진아 씨와 그녀의 형제들에게 내가 불의의 사고로 뇌사 상태가 된다면 장기기증을 하겠다고 해서 심장과 폐 간장과 신장(좌우)을 5명에게 새 생명을 주고 천사가 되었다.

이진아 씨는 어머니에게 다음과 같은 말을 하며 어머니를 보내드렸다고 한다.

"우리 다음 생에 만나서는 오래오래 헤어지지 말고 행복하게 살자.

하늘나라에서 아빠랑 언니랑 아프지 말고 잘 지내고

엄마가 사랑하는 손자 시현이와 함께 씩씩하게 잘 지낼 테니

가끔 꿈에 나와 줘,

엄마는 내 인생의 전부였고 삶의 낙이었어. 많이 미안하고 고맙고 사랑해."

이 글을 읽으면서 코끝이 시큰하고 눈시울이 뜨겁다.

그리고 이런 생각을 해 본다.

천국에 관한 이야기다.

다른 글에서도 몇 번 언급했지만, 자칭 나는 비종교인 또는 무신론자라고 말하지는 않지만 신에 관한 한 회의론자다.

그렇다고 나는 반종교인은 아니다. 종교 그 자체를 반대하는 것은 아니다.

종교는 인류의 탄생부터 현재까지 인류에 끼친 영향은 대단하다. 나약한 존재인 우리의 정신세계에 평화와 희망을 준 믿음의 세계다.

신앙을 갖고 생활을 하는 사람들의 뜻을 나는 존중한다.

단지 내가 믿음이 없다는 것일 뿐 그러나 왠지 지금 이 순간만은 천국이 있었으면 한다.

일찍 남편과 딸을 먼저 보낸 다음 그녀가 감당해야 했던 삶은 어떠했을까.

삶을 포기 하고 싶은 생각을 수없이 많이 했을 것이다.

그러나 딸을 위해, 딸에 의지해 더 나아가 신앙을 통해서 가난한 삶을 극복하였으리라.

한마디로 사는 게 사는 것이 아니었을 거라는 생각을 해본다.

장기기증, 그녀처럼 신앙심이 깊지 않고서는 결코 결정하기 쉬운 일은 아니다.

의학을 발달로 타인의 장기 이식이 보편화된 요즈음 장기가 필요한 사람들이 점점 증가하고 있다.

따라서 장기 이식을 하면 새 생명을 얻을 수 있는 데 장기를 구하지 못해 장기간 기다리다가 세상을 떠나는 사람도 많다고 한다.

다행인 것은 최근에 와서는 미리 장기기증을 유언으로 남기는 사람이 점점 많아지는 추세라고 하니 얼마나 다행한 일인가.

그래도 장기기증을 결정하기란 어렵고 힘든 일이다. 특히 우리나라 사람들의 정서상 타인을 위한 희생정신이 없이 누구나 할 수 있는 일은 결코 아니다.

나는 그런 사람들을 성인이라고 부른다. 그녀는 성녀이다.

타인을 위해 희생한 사람들에게 천국은 있어야 하고 반드시 천국으로 가야 한다.

그런 사람이 천국으로 못 간다면 이건 너무 불공평하다.

이진아 씨는 아들 시현이를 위해 슬픔을 극복하고 용기 있게 살기를 바라며, 어머니도 아마 그런 딸을 자랑스럽게 생각할 것이다.

강미옥 씨의 명복을 빈다.

피아노와 기타

잠실 어느 대형 건물에 들어섰다. 중앙로비에 그랜드 피아노가 전시되어 있다.

어느 악기회사에서 광고용으로 설치한 것 같다

피아노 위에 이런 안내문이 적혀있다.

"피아노를 연주하고 싶은 분은 안내소에 신청하시기 바랍니다."

피아노를 연주해 보고 싶다. 그런데 피아노를 치지 못하니 내게는 아무 소용이 없는 안내문이다.

그때의 꿈은 그랬다.

피아노를 치며 노래를 부르는 것, 아내와 아이들과 함께라면 더욱 좋겠다는 생각을 했다.

다른 악기와 달리 피아노는 손의 예술이다.

그래서 입이 자유로워 노래를 부를 수 있다. 물론 현악기도 여기에 해당되지만 바이올린을 연주하며 노래 부르는 것은 왠지 좀 부자연스럽다.

반주를 하거나 노래를 가르칠 때 현악기보다는 피아노가 절대적으로 유리하다.

하나의 단점이 있다면 악기를 자유롭게 이동할 수 없다는 것이다.

물론 어느 유명 피아니스트처럼 해외 연주를 할 때 자신이 늘 사용하던 피아노를 비행기로 공수해서 연주하는 경우도 있지만 그것은 특별한 예다.

그러나 현악기 중에서 단 예외적인 악기가 하나 있다.

그것은 기타다. 손의 예술로 가히 피아노와 견줄 만하다. 입이 자유롭기는 피아노와 버금간다.

기타를 연주하며 노래를 부르는 것은 아주 자연스럽고 흔히 볼 수 있는 일이다.

멋있어 보이고 그래서 누구나 한 번쯤은 기타의 매력에 빠지기도 하고 꿈도 꾼다.

더 나아가서 피아노에 없는 절대적인 장점이 있다.

자유롭게 이동할 수 있다. 누구나 쉽게 어깨에 들쳐메고 이동할 수 있어 장소에 큰 구애를 받지 않고 연주를 할 수 있다. 집이나 무대 또는 길거리에서 숲에서도 연주를 할 수 있고 해수욕장이나 강가에서 가능하다. 강이나 바닷가에서 캠프파이어 할 때는 절대 빠질 수 없는 악기다.

따라서 반주용으로 또는 연주하며 노래를 부를 수 있다는 점에서 피아노가 따를 수 없는 장점을 갖고 있다.

그래서 늘 사람들이 쉽게 접근할 수 있어 사랑받고 있는 악기라는 생각이 든다.

이 두 악기를 배울 기회도 있었고 시도하기도 했다.

첫째는 기타다. 1960년대 후반부터 1980년대 초까지 포크 열풍을 몰고 온 악기는 기타다.

당시 트윈 폴리오의 송창식, 윤형주, 후에 함께 활동한 김세환을 중심으로 많은 통기타 가수가 배출되어 뜨거운 열풍을 일으켰던 시기였다.

송창식은 내 동생과 중학교 동창이니 나는 그들보다는 조금 앞선 세대이다. 따라서 나도 기타를 배우려는 시도는 너무나 당연했다.

하지만 중도에 포기했다. 의지도 약했고 재능도 없기 때문이라고 변명한다.

그다음은 피아노다. 아이들을 위해 피아노를 어렵게 구입을 했다.

딸아이는 체르니까지, 아들 녀석은 바이엘도 제대로 끝내지 못한 것으로 알고 있다.

아내의 피아노 실력은 어느 정도 인지 가늠할 수 없지만, 우리나라 가곡 정도는 연주할 수 있는 것 같다. 자기한테 배워보라고 해서 시도했지만 그것도 중도에 포기하고 말았다.

변명하자면 손이 말을 잘 듣지 않는다는 것이다.

그래서 피아노나 기타를 연주하며 노래를 부르겠다는 그 옛날의 야심 찬 희망은 그냥 희망으로 끝나고 말았다.

지금처럼 무료하게 시간을 보낼 때 스스로 피아노나 기타반주에 맞춰 노래를 부르는 장면을 상상해 본다. 얼마나 멋있는 여생일까.

내가 어느 글에 실린 적도 있지만 나는 노래 듣기와 노래 부르기를 좋아한다.

그것은 지금도 마찬가지다. 장르를 막론하고 다.

그렇다고 층간 소음으로 항의받은 적은 없다.

문화인, 또는 교양인이라면 악기 하나 정도는 연주할 수 있어야 그 대열에 들어갈 수 있다고 한다.

그러니 나는 문화인도 교양인도 아닌가 보다.

혹시 내가 하모니카는 좀 연주하니까 너그럽게 봐 준다면 모를까 이 글쓰기가 끝나면 스페인의 전설적인 작곡가이며 기타 연주자인 아오킨 로데리고의 아랑훼즈 기타협주곡을 감상해야겠다.

때로 2악장은 내 영혼을 흔드는 듯한 애절함에 온 정신을 빼앗길 때가 종종 있다. 기타 하면 먼저 스페인이 떠오른다. 많은 작곡가와 연주자를 배출했고 기타를 다른 클래식 악기와 같은 반열에 오르게 했으니 말이다.

피아노와 기타 어느 한 악기만이라도 연주할 수 있었다면 내 생은 더 풍요로웠을 것이다.

광고에 이런 말이 나온다.

내 삶에 음악을 더하다. 내 삶에 예술을 더 얹다.

운명아, 내가 간다

"비켜라, 운명아, 내가 간다."
뜨거운 피가 끓어오를 때
보나파르트 나폴레옹이 한 말이다.

나는 나이고
사람이라는 것 외에는
무엇 하나 닮은 점이 없으니
'비키라.' 하고 말할 용기가 없다.

운명은 극복하라고 있는 것이라고?
하지만, 따르라고 있는 것이다.

그래서 나는
그냥 따라갔고
이끄는 대로 그렇게 살아왔다.

그런 삶이 편안해서
도전은 감히 엄두도 못 냈다
나에게
도전이라는 운명의 씨앗이 없기에.

이런 네 운명에 불만이 있느냐고?
천만에.

내 운명, 내 삶이 어때서?
사랑하고
사랑을 받은 삶인데
모든 것에 감사한다.

자연이 내게 준 운명에
만족함도 부족함도 없다.

그것이 내가 진정 바라는 삶이다.

코로나-19의 시간

2주간 아프리카 여행에서 돌아왔다.

현관문을 열었다.

어둠과 정적이 먼저 맞는다.

아내는 어디 갔지?

갑자기 적막감이 싸하게 온몸을 감싼다.

거실이 춥다. 난방 스위치를 올렸다.

피로가 몰려온다.

몸 상태가 정상이 아닌 것 같다. 오슬오슬 추위를 느낀다.

체온계의 열이 39도까지 오른다.

자정쯤에서 주섬주섬 옷을 입고 홀로 집을 나서 병원 응급실을 찾았다.

코로나 확진 판정. 아마도 아프리카에서 코로나가 묻어 왔나 보다.

그리고 혼자가 됐다.

열과 기침이 심하다.

다음 날 새벽, 열이 좀 내렸는지 몸이 조금 가볍다. 이제 좀 나아지려나.

오늘 병원에서 약 처방을 다시 받았다.

힘든 긴 하루가 간다.

조금씩 지쳐가는 나를 발견한다.

외로움이 아니다.

이제는 슬픔이다.

모든 것을 스스로 해결해야 한다.

일어나야 한다.

그것이 무엇이든 딛고 일어서야 한다.

그게 나니까.

오늘보다 더 나은 내일이 보이지 않는가!

오늘 자정으로 7일간의 자택격리가 해제됐다. 아마도 휴식이 필요했
는가 보다.

짧지만 자신을 되돌아보는 시간을 얻은 것 같다.

언제부터인가 조용히 지내던 각종 세균이 나를 향해 매일 도전장을
내민다.

내 약점을 아는가 보다. 방어하기가 너무 힘들다.

백신도 4차례에나 맞았고 운동도 나름대로 열심히 했다.

마스크도 손도 열심히 씻었다.

그래서 코로나에 걸리지 않으리라 생각했다. 충분히 극복할 수 있으
리라 믿었다.

그 자만심이 코로나를 화나게 했나 보다.

5월의 아침이다.

20여 일 만에 다시 산행을 시작했다. 전과 같이 6시에 집을 나섰다.

거리는 한산했고 하늘은 맑고 나무는 그사이에 초록으로 물들어 있다.

몸은 가볍고 산등성 위로 아침 해가 솟는다. 태양신을 믿는 옛사람들의 신앙심 공감한다.

나뭇잎 사이로 비치는 햇살이 폭포처럼 쏟아져 내린다.

온몸으로 받는다.

눈부시다. 신록은 생동감을 더해주고 살아있는 모든 것들은 생존을 위한 준비에 바쁘다.

후유증인가? 아침 바람에 약간 추위를 느낀다.

깊고 길게 가쁜 호흡을 하며 산길을 올랐다.

코로나 전보다는 힘들었지만, 몸과 마음은 가볍고 상쾌하다.

산길에서 만난 낯선 사람과도 인사를 나눈다.

모든 것에 감사하고 생명의 소중함을 느낀다.

오늘은 무엇을 할까.

계획된 것은 없지만 산행을 하며 천천히 생각해 보자.

봉선화 꽃이 필 무렵

이화리 농장에 봉숭아꽃이 피었다.

별로 정성을 들이지 않았는데도 싹이 트고 스스로 자신의 몸을 가꾸며 빨갛게 꽃이 피었다.

더운 계절에 피는 꽃, 아주 예쁘다고는 할 수 없지만 빨간 꽃잎을 다소곳이 내린 채 한여름 밤을 수놓는 꽃으로 특히 여성들의 사랑을 받는다.

신화 속의 봉선화는 슬픈 꽃으로 꽃말은 "나를 건드리지 마세요."라고 한다.

김형준 작시, 홍난파 작곡 봉선화, 일제하에서 금지곡이기도 했던 가곡. "울 밑에 선 봉선화야 …" 아마 한국인이면 이 노래를 모르는 사람은 없으리라.

나는 봉선화 꽃이 필 때면 생생하게 생각나는 일화가 있다.

요즘은 봉숭아 꽃잎을 짓이겨 백반을 섞어 손톱에 빨갛게 물들이는 여자는 없다.

중학 시절, 매니큐어가 일반화가 되지 않았던 시절에 여학생들이 손톱에 물들이는 모습을 흔히 볼 수 있었다.

모든 손톱에 물들이기보다는 대체로 새끼손가락과 4번째 손가락, 그것도 주로 왼손이었다.

여름밤에 여자애들이 짓이긴 봉선화 꽃잎을 손톱에 얹고 호박잎을 덮고 실로 칭칭 감아 손톱에서 빠지지 않도록 싸맸다.

아침에 일어나 조심스럽게 풀어보면 손톱과 그 주변이 주황색으로 곱게 물들어 있다.

나는 7남매 중 한가운데인 넷째다. 맨 위로 누님 두 분 아래로 누이 동생 둘, 그리고 형님과 남동생이 있다.

누님 두 분은 결혼하기 전까지 매년 봉선화 물을 들이셨고, 아울러 누이동생들로 덩달아 물을 들이곤 했다.

내가 중2 때 어느 무더운 여름밤. 둘째 누님이 손톱에 물들이다, 갑자기 나보고 해보라고 한다.

무슨 남자가 손톱에 물들이냐고 손사래를 쳤다.

다음 날 아침에 일어나보니 왼손 새끼손가락에 호박잎이 싸매져 있다.

놀라 얼른 풀어보니 손톱은 빨갛게 물들어 있는 상태다.

아마 지난밤에 장난기 많은 둘째 누님이 내가 잠든 사이에 그렇게 하신 것 같다.

빙그레 웃으며 "얘, 물이 잘 들었구나. 예쁘다." 놀리기까지 한다.

어머니도 "색깔이 곱게 아주 물이 잘 들었다." 하신다.

어리석게도 나는 곱고 예쁘다는 말에 칼로 긁어낼까 하다가 그만두었다.

문제는 여기서 발생했다.

9월 중순쯤 되었을까. 선명한 색깔이 퇴색하기는 했지만 어림잡아 손톱에 반쯤은 남아있다. 그때까지 내 손톱에 대해서 누구도 뭐라고 말한 적이 없다. 집안 식구들은 물론이고 학교 친구들도 전혀 내 손톱에 대해서 이러쿵저러쿵 말이 없었다.

그러니 나조차도 손톱에 관심을 잃은 지 오래됐다.

2교시 영어 시간. 선생님께서는 안경을 쓰시고 항상 한 30cm 정도 되는 막대기를 들고 다니셨다. 그리고 좀 엄격하신 편이어서 우리 모두 무서워했다.

학생들에게 큰 소리로 영어책을 읽으라고 하시며 책상 사이를 왔다 갔다 하시다가 잠시 내 책상 옆에 멈추시더니 막대기로 붉은색이 반쯤 남아있는 내 새끼손톱을 두어 번 톡톡 치시며 "사내놈이 손톱에 물은." 하시며 지나가신다.

옆에 짝꿍 녀석은 즐겁다는 듯이 키득 키득 웃고, 순간 나는 얼마나 부끄럽고 창피한지 머리를 들 수가 없었다. 나는 얼른 연필 깎는 칼로 빡빡 긁어냈다.

물론 집에 와서 누구한테도 말하지 않았다.

내가 이처럼 오래 기억하고 있는 것은 그날의 일이 나에게는 하나의 사건이었기 때문이리라.

많은 시간이 지난 후 누님한테 그런 일이 있었다고 이야기했다.

누님은 "그래? 그때 그런 일이 있었구나." 하며 웃으셨다.

80을 훨씬 넘으신 누님은 건강하게 잘 지내시고 계신다.

철이 없어 가장 즐거웠고 모든 것이 재미있었던 사춘기의 중학교 시절. 아련한 추억으로 남아있다. 열심히 공부했고 책을 읽고 영화도 열심히 보았던 소년 시절, 내 생에서 가장 아름다웠던 시절이었던 것 같다.

봉선화 꽃이 필 무렵이 되면 그때의 기억이 되살아나 혼자 빙긋이 웃는다.

성북동 단상

성북동 삼청각 돌잔치에 갔다.

예정된 시간보다 이른 시간이다.

산책할 겸 주변 풍경을 바라보며 느릿느릿 걸었다.

김광섭의 시, 「성북동 비둘기」의 한 구절이 생각난다.

"성북동 산에 번지가 새로 생기면서

본래 살던 비둘기만이 번지가 없어졌다."

자연 파괴와 인간성 상실 그리고 소외에 대한 시로, 「저녁에」와 더불어 그의 대표작이다.

한창 개발붐이 도시 이곳저곳에서 무차별적으로 일던 시기였던 것 같다.

성북동의 비둘기는 번지가 없어 역설적으로 자유롭겠다는 생각을 한 적이 있다.

하늘을 향해 곱게 솟은 추녀가 숲 사이를 지나 하늘 높이 날아오를 듯하다.

산비둘기가 날고 어느 방향에서 불어오는 바람인지 나뭇잎 소리가 삽상하다.

요즘 사람들은 그 소리를 백색소음이라고 한다.

모바일 사전을 찾았다. 조금은 알 것 같다.

비 오는 소리, 폭포수 소리, 파도치는 소리, 시냇물 소리, 나뭇가지에 바람이 스치는 소리라고 한다. 이 소리는 누구나 듣고 싶어 하는 자연의 소리들이다.

삼청각 내에 야외 결혼식장도 있는가 보다.

식장 안으로 발길을 옮겼다. 아무도 제지하는 사람이 없다. 식은 거의 끝날 무렵인 것 같다.

신부의 희망에 가득 찬 얼굴이 여미하게 느껴진다. 드레스보다 신부가 더 아름답다.

뒤에 서서 끝날 때까지 하객들과 함께 축하의 말을 보냈다.

좀 진부하고 시대에 뒤진 말이지만 우리 세대가 흔히 축하하는 뜻으로 잘 쓰고 있는 말, "아들딸 많이 낳고 행복하게 살아라." 하는 말을 남기고 식장을 떠났다.

결혼 드레스를 입은 아내의 모습이 떠오른다. 결혼한 지 반세기가 지난 오늘이지만 혼자인 내가 안쓰러웠나 보다.

나를 위해서 파아란 하늘에 아내가 해맑은 자신의 영상을 보내 준다.

조금은 창백한 듯한 얼굴에 하얀 드레스 입은 아내가 그립다.

숲 사이로 높푸른 하늘이 보인다.

가을은 저만치 있지만, 햇살은 가을빛이 완연하다.

바람에 실려 왔나, 그런데 갑자기 생뚱맞게 문득 이런 생각이 난다.

그리움이, 오래 마음속에 남아 있을까?

사랑이, 가슴에 더 오래 자리하고 있을까?

그리움이라 생각한다.

왜냐하면, 그리움은 미완의 사랑이기 때문이다. 다하지 못한 것이 더 오래 기억에 남는다.

요즈음 많은 시간을 아내를 사랑하는 마음보다는 아내를 그리워하는 마음으로 살아가고 있다.

하늘이 높고 푸르다. 살아 숨 쉬고 있음에 자연에 감사한다.

가을!

그래서 그리움이 더 짙어지는 계절인가 보다.

이 길에 단풍이 든다면 얼마나 아름다울까. 이곳을 찾은 사람은 누구나 선한 마음이 되어 돌아가리라.

백색소음을 따라 비탈길은 내려온다. 언제 또 찾을 수 있을까.

나와는 별로 인연이 없는 각(閣)인 것 같다.

돌잔치 시간에 얼추 맞는다.

이름이 아름답고 예쁜 돌잔치의 주인공, '이레'에게 하느님의 돌봐주심이 늘 함께하기를 기원한다.

저녁 안개 속으로

뒤돌아보지도 않은 채
물안개 속으로
여인은 배를 타고 떠났다.

홀로 지켜보며
그녀를 향해서 바다에 뛰어든
그는

석양빛이
파도에 부서지며 잠든 영혼을 깨우듯
한 마리 새가 하늘로 솟아오른다.

어디로 갈 것인가.
잔잔한 바다에
곧 사라질 바람과 달빛이
그를 안내한다.

바다는 알고 있다.
그가 간 곳을

가을의 동행자

거둘 것이 없는
이에겐
가을은 떠나가는 것들뿐이다.

지구는
남회귀선으로 회귀하고
젊은 스님은 수행의 길을

초록의 잎은 낙엽으로
철새는 생각 없이
먼 남쪽으로 길을 떠난다.

한 철 바닷가 상인들은 바다를 떠나고
알프스의 목동은 산을
그 여인은 홀연히 내 곁을 떠난다.

생의 시간은 몸을 떠나고
영혼마저 길을 떠날 채비를 한다.

가을에 떠나는 이는 외롭지 않다.

이처럼,

동행자가 있기 때문에

기제사

홍동백서, 좌포우혜, 조율이시 등
어설프게 만든 제물을 진설했다.
위패 대신 사진이 놓여졌을 뿐
유교식으로 우리 집안의 전통의례를 따랐다.
오늘 아버님 37번째 기일.
주변 사람들은 어떻게 기일을 보낼까?
다양한 방법이 있을 것 같다.
비종교인은 비종교인대로 종교인은 기일을 맞아 가족과 함께 추모하
는 의례는 치르는 것으로 알고 있다.
종교인들은 자신이 믿고 있는 종교에 따른 방법이 있다.
불교에서는 절에 위패를 모시고 기일에 절에 가서 기도를 드리고 성
당과 교회에서는 미사를 올린다고 한다.
불교나 교회나 성당에서도 그 방법을 조금씩 다른 것 같다.
비종교인인 나는 전통적인 유교식 의례를 따른다.
최근에 와서는 종교 비종교인을 떠나 추모공원과 납골당에 부모님을
모시는 사람들이 많아지면서 기일을 전후해 그곳을 찾아 부모님을
만난다고 한다.
어느 누구를 불문하고 분명한 것은 종교인이 건 아니건 간에 돌아가
신 날 어떤 형태든 부모님을 추모하는 의례는 한다는 것이다.
나는 기제사를 지내면서 내 행위가 모순이고 위선적이지 안느냐는

의문을 지울 수 없다.

그것은 무신론자가 아닌 신의 존재에 대해 불확실성을 믿는 사람을 비종교인이라고 한다면 제상에 사진(위패)을 놓고 여러 가지 음식을 진설하고 향을 피우고 절을 하며 축문을 읽는 이 모든 행위가 어떻게 가능할까?

종교 행위가 아닐까. 그렇다면 나는 비종교인이 아닌 종교인이다.

맞는 말일까?

그렇다면 비종교인은 어떻게 돌아가신 부모님을 추모해야 할까 하는 문제에 부닥친다.

오래전부터 나는 이 문제로 고민하다가 이런 결론을 내렸다.

유교적인 집안에서 태어나셨고 유교적인 교육을 받으셨으며 유교적인 생활을 하시다가 돌아가신 부모님의 삶을 존중하는 의미로 관례대로 유교적인 제사를 지내는 것이다.

내 종교관과는 관계없이 유교식으로 제사를 지내며 오늘에 이르렀다.

유교식이라면 유교가 종교냐 아니냐는 문제가 있다.

유교는 공자에 의해 창시된 인의 사상체계로 보는 것이 일반적인 견해다. 따라서 공자는 초인간적 존재나 내세의 삶에 대해서는 직접적인 언급을 하지 않고 유보적인 태도를 취한다. 그것은 현실의 삶에 충실해야 한다며 오히려 죽음의 문제는 삶 속에서 논의되어야 한다는 점을 강조한다.

유교에서는 자기가 처해 있는 현실 속에서 인간의 도리를 의미하는 인은 실천해야 한다고 한다.

따라서 인으로써 자식을 사랑하고 효를 행하는 의례는 윤리성과 도덕성을 중요시한다.

여기에는 인의 본질적이 특성인 사랑과 존경이 뒤따른다. 그것이 바로 제사라는 방법으로 표현되는 것이다.

나는 다만 아버님에 대한 존경과 사랑의 의미로 제상을 준비하고 제주를 따르며 축문을 읽고 절을 한다.

그러므로 어떤 종교적인 의식과는 거리가 멀다.

조상에 대한 제사는 보본추원(報本追遠), 즉 조상의 음덕을 추모하며 자신의 존재의미를 자각하는 데서 출발하고 있다.

의례는 효성의 정감을 담는 그릇이요 그것이 나타나는 방식이다. 자신의 마음속에서 우러나오는 사랑과 존경으로부터 자신의 존재의의를 느낀다.

사후의 세계에 대해서도 그 객관적 존재 자체에 의미를 부여하기보다 현세에 살아있는 이들의 진실성이 더 중요하다.

영혼을 불러오는 행위도 아니고 생전의 아버님을 생각하며 자식의 도리를 다하는 추모일 뿐이다.

평소에 잊고 있던 부모님을 기제사를 통해 마음속으로 가까이 다가갈 수 있는 날이 바로 그날이라고 생각한다.

우리는 자식이 먼저 세상을 떠나면 가슴에 묻는다고 한다.

그와 마찬가지로 부모님을 가슴에 묻고 그리워하는 마음을 가져보는 것은 어떨까.

기일을 맞아 부모님을 생각하는 것도 의미 있는 일이지만 일상생활 속에서 부모님을 생각하며 살고 있다면 이는 진정한 인의 실천이라고 생각한다.

패러글라이딩

2022년 6월. 8일, 패러글라이딩하는 날이다.

일기 예보에는 날씨가 맑겠다고 했는데 현재는 옅은 구름과 안개에 가려 푸른 하늘이 잘 보이지 않는다.

패러글라이딩을 하기에는 좋은 날씨는 아닌 것 같지만, 기상청 일기 예보가 맞기를 기대하며 출발했다.

장소는 양평군에 있는 유명산이다.

팔당대교를 건너 양수리로 향했다. 이렇게 가는 것이 아닌데 잘못 길을 택한 것 같다.

내가 잘 다니고 좋아하는 길, 곤지암을 지나 양평대교를 건너갔으면 길이 단순해서 좋았을 텐데 하는 아쉬움이 있다.

그래도 목적지에 10시경 도착해서 주의 사항을 듣고 비행할 때 입을 옷을 덧입었다.

조금은 긴장도 되지만 가벼운 흥분마저 든다.

유명산 줄기에 있는 봉우리까지 20여 분. 도로가 엉망이다. 울퉁불퉁해서 상하고 좌우로 몸 가누기조차 힘들다.

패러글라이딩 출발하는 장소에 도착해 보니 10여 명 정도의 사람들이 순번을 기다리고 있다.

평탄하지만 약간 경사진 곳으로 주변의 산과 남한강이 시원스럽게 눈에 들어온다.

아주 청명하지는 않지만 옅은 구름 사이로 푸른 하늘이 보이고 잔잔한 바람이 불어 진행하는 사람들은 비행하기에 좋은 날씨라고 한다. 몇 가지 주의 사항을 듣고 바람 방향이 비행하기에 좋은 때까지 잠시 기다렸다.

전문 비행조종사와 함께하는 비행이라 안심은 되지만 조금은 불안하기도 하다.

bucket list 중 첫 번째 행사가 패러글라이딩이다.

인류가 탄생 될 때부터 인간은 하늘을 나는 새를 부러워했고 날고 싶어 했다.

르네상스 시대에 이르러 레오나르도 다빈치(1452~1519)는 하늘을 나는 비행기를 그림으로 남겼지만, 실제 제작하지는 못했다고 한다.

그 후 많은 과학자, 발명가들에 의해 비행기가 제작되었으나 현재 최초의 비행기는 1903년 5월 22일 미국의 오빌 라이트(1867~1912)와 윌버 라이트(1871~1948) 형제가 제작한 플라이어 1호기라고 한다.

증기기관으로 작동하는 동력비행이 아니라 가솔린을 사용한 동력비행으로 완전한 비행에 성공했기 때문에 라이트 형제를 최초의 비행기 발명가로 인정받고 있다.

조선 시대의 백과사전 기록에 의하면 우리나라 최초의 비행기는 임진왜란 때 바람만으로 비행한 정평구의 비차가 있다.

바람을 일으켜 지인과 함께 진주성을 탈출했다는 기록이 있지만, 지금까지 조명을 받지 못한 것을 보면 신빙성에 의심이 간다.

우리나라의 최초의 비행사는 안창남(1900~1930)으로 1920년 12월 10일 단발쌍엽기 금강호로 간이 비행장인 여의도를 이륙해 서울 상공을 비행한 것이 최초다.

100여 년이 지난 현재는 인류는 우주비행 시대를 맞고 있다. 이제는 우주비행장이라고 생각되는 우주 정거장까지 하늘에 떠 있으니 앞으로 어떤 우주비행체가 발명될지 기대가 된다.

하늘을 날고 있다. 하늘에서 내려다보는 산하의 정경들은 감동을 넘어 가슴을 벅차오르게 한다.

'하늘을 나는 기분이 바로 이런 것이구나.' 하는 생각이 든다. 더 높이, 높이 날고 싶다.

현대적인 동력이 아닌 온전히 바람의 힘으로만 날고 있다고 생각하니 더욱 멋진 비행인 것 같다.

바람이 분다. 그 바람은 서서히 낙하산이 하강할 때 부는 바람이라고 한다.

무사히 착지했다. 10분 너무 짧은 시간이다. 어쩌면 10분도 안 되는 느낌을 받는다.

내가 처음으로 비행기를 탄 것은 1975년 3월 30일 신혼 여행으로 40인승 프로펠러 비행기를 타고 김포공항에서 제주도에 갔을 때다.

그 후 여행자유가 되면서 배낭 여행, 단체 여행을 하면서 비행기를 자주 타게 되었고 나는 비행기 타기를 좋아한다.

유명산 말고 단양에도 있다고 한다. 그곳에 가서 다시 한 번 비행하고 싶다.

오는 길에 양평에 들러 시장을 한 번 둘러보고 양평해장국을 먹었다. 장날이고 음식이 맛있다는 소문 때문인지 사람들로 북적인다. 맛집답게 맛있다.

아직도 내비게이션 사용에 익숙하지 않아 길을 잘못 들어 몇 번 되돌아오기도 했다.

몇 년 만에 오니 도로 주변이 많이 달라져 더욱 그런 것 같다.

이렇게 나의 첫 번째 bucket list 중의 하나가 무사히 끝났다.

시간의 신

꿈틀대고 있던 방랑벽이 깨어났다.
역마살,
방랑벽이라고?
하지만, 어찌하랴, 그것이 내 일이고
나인데.

늘 떠날 준비를 하고 있다.
언제부터인가
벽(癖)이 무너지고 있다.
그 현상을 시간이 간섭한다.

나는 말한다.
"나는 나의 길을 가련다.
시간, 당신은 당신의 길을 가라.
끼어들 일이 아니다."

그는 빙긋이 웃는다.
"내가 너의 길인 것을
너의 길은 없다.
단지 너의 미혹의 길이 있을 뿐."

어이하랴!
살아있는 동안
방랑의 시간마저 잃은
나에게
저항, 시간의 신에게 저항한다고?

이제는
함께 그의 길을 가고 있다.

나의 어느 하루

아침 일찍 산행을 한다.

계절에 따라 출발 시간은 다르지만 대체로 해뜨기 직전이다.

1시간 30분 동안

산행을 마치고 커피 한 잔을 들고 컴퓨터 방에서 글을 쓴다.

7번째 책으로 시가 있는 산문집을 2024에 출간할 계획이다. 단순히 그냥 계획이다.

치매 예방에 좋다고 하니 특별한 경우가 아니면 1시간에서 2시간 정도 쓴다.

물론 글 읽기도 한다.

나이가 들면서 점점 TV에 의존도가 점점 높아진다.

주로 음악을 듣는다. 노래를 하기도 하지만 목소리가 갈라져 요즘은 뜸하다.

전에는 어떻게 지루한 시간을 보냈을까 하는 생각에 TV가 있다는 것이 얼마나 다행인지 모른다.

주로 보는 채널은 클래식 음악방송으로 arte와 orfeo다. 요즘에 와서는 cmusic과 mmezo도 자주 시청한다.

한경 arte는 국내 방송, orfeo 독일에서 방영되는 것으로 우리가 받아서 송출하지 않나 하는 생각이 든다.

권위 있는 악단과 유명 지휘자, 그리고 세계적인 연주자를 만날 수 있는 기회가 주어지는 방송이다.

두 케이블 방송을 통해서 장르를 가리지 않고 국악부터 교향곡, 가곡, 팝송, 재즈, 트로트 등 세계의 모든 음악을 시청한다.

하루 중 대부분은 음악을 시청하는 것으로 출발하고 끝난다고 볼 수 있다.

그다음은 다큐멘터리다. 전 분야에 걸쳐서 시청하지만, 그중에서도 여행과 관련된 것이 대부분이다.

KBS의 「걸어서 세계일주」와 EBS의 「세계 테마기행」, 그리고 National Geografic의 자연 다큐멘터리다. 여행에 관심이 많고 적고를 떠나 모든 시청자들한테 세계문화를 접할 수 있는 좋은 기획이라고 생각한다.

전에는 유명 관광지나 유적지 중심의 구성에서 요즘은 오지라든가 또는 소수민족에 대한 내용을 많이 담고 있다.

그뿐만 아니라 그 지역의 마을이나 가정을 직접 방문해서 그들의 전통문화와 생활상을 그대로 보여 주기 때문에 우리와 같으면서 다른 문화를 이해할 수 있어 좋다.

특히 축제 중심의 구성과 음식 문화에 대한 자세한 설명은 직접체험 못지않게 실감이 난다.

가장 큰 관심을 갖고 본 것은 「차마고도」다. 그것은 내가 에베레스트 베이스캠프를 트레킹으로 다녀왔기 때문일 것이다.

최근에는 orfeo에서 전원경 박사의 「미술, 세계를 만들다」를 관심 있게 본다.

한마디로 서양 미술사에 관한 것으로, 중세에서부터 현대에 이르기까지의 서양 미술에 대한 해설이다.

시대별로 사조별로 그림과 함께 자세한 설명은 미술사를 체계적으로 이해하는 데 많은 도움이 되었다.

그 외의 다큐멘터리는 자연에 관한 것으로 여러 채널이 있는데 나는 BBC와 Naional Geografic 많이 본다.

그리고 BBC에서도 여행에 관한 프로그램을 방영하는데 우리나라 방송이 내용과 구성 면에서 비슷하다. 여러 채널에서 재방송을 하기 때문에 본 것을 또 보기도 한다.

그래도 싫증이 나지 않으니 혹시 여행 중독증에 걸린 것이 아닌지 모르겠다.

그러면서 내 Bucket list에 올리기도 했지만, 실행 가능성은 없어 보인다.

시간이 별로 많지도 않고 최근에 와서는 체력의 한계를 느끼기 때문이다.

그렇다고 꿈마저 포기하는 것은 내 삶에 대한 모독인지도 모른다. 그 것마저 없다면 삶이 얼마나 지루할까. 나이 듦의 슬픔을 이럴 때 가장 뼈저리게 느낀다.

다음은 영화를 시청한다. 하루에 한 편이나 때에 따라서는 두 편을 시청하는 경우도 있다.

오늘 시청한 영화 제목은 Beautiful Mind다. 중간에서부터 보았지만 감동적이다.

러셀 크로우가 주연한 영화로 환각 속에서 괴로워하는 자신과 가족, 그리고 주변 사람들의 이야기로 실화를 바탕으로 하고 있다.

실제 주인공은 1994년 게임 이론으로 노벨 경제학상을 수상한 존 내쉬(John Forber Nash Jr, 1928~2015)의 일대기를 영화화한 것이다. 언제나 실화를 바탕으로 한 이야기는 감동적이다. 대체로 절망적 역경을 극복한 인간승리의 이야기이기 때문이다.

존 내쉬가 상을 수상한 자리에서 아내인 엘리사 라지를 향해 한 말이 긴 여운으로 마음에 남는다.

"당신은 나의 존재 이유입니다. 당신은 나의 모든 이유입니다. 고마워요."

아내에게 보내는 사랑과 존경의 의미가 이처럼 은유적으로 표현된 말이 있을까.

나라면 어떤 말을 했을까.

사랑한다는 말, 한 번쯤은 아내에게 했어야 했는데 아내에게 너무 미안하다.

이렇게 나의 하루는 산행과 글쓰기, TV를 통해서 음악 감상을 하고 영화를 보는 것이다.

굳이 한 가지 더 말하라고 하면 음식 만들기다.

어머니, 아내한테서 보고 들은 대로 하면서도 TV에서 본 것을 기본으로 내 마음대로 만든다.

영양학적으로 한다고 하는데 맛은 별로인 것 같다. 건강에 좋다니 나밖에 먹을 사람이 없다.

국악연주를 관람하고

서초동 예술의 전당 앞, 길 건너 백년옥 순두부집에서 양 사장님과 만났다.

국악당에서 연주되는 창작 국악 발표를 관람하기 위해서다.

양 사장님의 제안으로 오래간만에 국악공연을 관람했다.

동서양을 가리지 않고 음악에 관심이 많으신 분이라 역시 국악에도 상당히 조예가 깊은 신 것 같다.

양 사장답다는 생각을 해 본다.

관람석은 빈자리가 없을 정도로 만석에다 관객 중에는 의외로 대학생과 젊은이들이 많았다.

실력 있는 젊은 국악인도 많이 배출되고 우리 것에 대한 관심이 높아짐으로 국악에 대한 관심과 참여가 많아진다고 하니 바람직한 일이다.

명칭은 국악 관현악단이지만 악기의 구성이나 그 형식은 서양 관현악단 그대로다.

박 대신에 지휘자가 있다는 것. 한복차림이 아닌 양복차림이다. 이것은 단원의 복장도 그렇다.

다음은 무대에서 악기의 배치다.

제일 바이올린 자리에 해금이, 그다음 줄에 가야금, 그 옆에 대금이, 첼로 자리에 양금이 그 뒤 열에 거문고와 피리, 타악기에는 장구와 북이 그리고 특이한 것은 서양의 타악기도 있다.

그리고 거문고 뒤로는 첼로와 콘트라베이스가 각 하나씩 있다.

왜 그랬을까. 현악기가 더 필요했을까. 해금 양금 가야금 거문고가 있는데 부족한 부문이라면 관악기다. 피리와 대금 2개뿐이다.

한마디로 서양악기와 전통악기로 구성된 관현악단이다.

창작곡이니만큼 다양한 악기의 구성도 괜찮으리라.

국악에 문외한인 나로서 악기의 구성에 대해서 논할 생각은 없다.

가끔 TV에서 서양 음악과 국악은 접목하려는 시도는 자주 보았지만 이렇게 대규모의 악단의 연주는 처음이다.

우리나라 가곡과 판소리가 협주곡 형식으로 연주되었다.

판소리는 우리가 평소에 듣는 것과는 차이가 있었다. 그래서 잘 왔다는 생각을 했다.

국악을 원형 그대로 전수하면서 발전을 위한 새로운 시도도 계속되어야 한다고 생각한다. 새로운 장르의 창작 국악도 필요하다는 것은 시대가 요구하고 있기 때문이다.

어떤 연수에서 교수가 짧게 언급한 말이 떠오른다.

서양 음악을 전공한 사람의 상당수가 국악계에 진입해서 여러 가지 시도가 이뤄지고 있다는 것. 그리고 전통 음악에도 많은 변화가 있었고 대중화되고 있다고 한다.

한국인이 서양 음악에 대해 새로운 시도를 한다는 것은 매우 어려운 일인 것 같다.

왜냐면 그것은 우리 음악이 아니기 때문에 분명 어떤 한계가 있다.

서양 음악의 변화 속도에 비해서 우리 전통 음악은 그 변화의 속도가 느릴지 모르지만, 이는 곧 미개척 분야가 많이 존재한다는 것이 아닐까.

그래서 새로운 시도가 필요했던 것이다.

다양한 시도 중의 하나가 오늘 내가 관람하고 있는 이 국악 공연이 아닐까 하는 건방 아닌 건방을 떨어 본다.

국악과 서양 음악이 접목되어 우리 정서에 맞는 음악으로 정립될 때까지 이런 시도는 끊임없이 계속될 것이라는 생각을 해 본다.

또한, 공연을 보면서 새로운 변화가 있음을 볼 수 있었다.

서양 교향곡은 끝날 때 장엄하게 마무리 짓는다. 모든 악기가 동원되고 지휘자도 온 몸을 던져 큰 동작으로 멋있게 장식한다.

그러면 관객들은 큰 박수를 보내며 함성을 지른다. 관객과 악단과 지휘자가 한몸이 되어 감동적으로 막을 내린다.

한국의 전통 음악은 연주를 끝맺음할 때 조용히 마무리 짓는다는 것으로 알고 있다.

언제 끝났는지 모르게 조용히 마무리한다.

왜 그럴까? 그런데 오늘 본 창작 국악을 보면 서양 음악처럼 모든 악기가 제소리를 내며 장엄하게 끝을 맺는 것을 보고 이 역시 서양 음악을 그대로 모방한 것이 아닌가 한다.

주제 파악도 못 하고 시 건방을 떤 것 같아 뒷맛이 씁쓸하다.

오늘 창작 국악을 관람하면서 젊고 실력 있는 국악인들의 새로운 시도에 아낌없는 격려를 보내며 좀 더 자주 국악 연주를 관람해야겠다는 생각을 해 본다.

지리산 둘레길

6월 마지막 날이다. 금년도 꼭 반이 지나갔다. 좀 지루한 감도 들지만 시간은 나와 아무 관련이 없는 것처럼 제 갈 길만 묵묵히 가고 있다. 코로나가 극성을 부린다.

몇 번이고 망설이다. 둘레길을 걷기로 하고 대전에서 함양행 버스에 올랐다.

이번에는 지리산 둘레길 4코스로 동강마을에서 수철리까지 약 12km를 걸어야 한다.

함양 군청에 들려 둘레길에 대한 몇 가지 자료를 얻고 서둘러 동강행 버스를 탔다.

초여름의 지리산 주변은 강과 산 그리고 싱그러운 바람으로 여행자의 마음을 상쾌하게 한다.

한 30분가량 갔을까 동강에서 내렸다.

동강은 눈에 익은 곳이다. 지난번 둘레길 걸을 때 이곳까지 와서 함양으로 간 적이 있기 때문이다.

동강, 참 평화스러운 마을이다.

분지로 되었지만 아주 넓게 자리 잡은 곳으로 답답하지 않고 시원스럽다. 그 사이를 동강이 흐른다.

강폭이 아주 넓고 강을 사이에 두고 고즈넉하게 마을이 자리 잡고 있어 평화스럽다.

시간은 12시를 향해가고 있다. 점심을 먹기 위해 정류장 부근에 있는 식당을 찾았다.

시골 식당치고 아주 널찍하고 깨끗하다. 50을 갓 넘은 듯한 주인아주머니의 인사를 받으며 푸짐하게 차려진 추어탕을 먹었다.

동강마을을 빠져나와 쌍재를 넘기 위해 산길로 들어섰다. 오르막길 왼쪽으로 계곡을 끼고 양쪽으로 나무가 무성하다.

폭포에서 떨어지는 물소리가 조용한 산중에 울려 퍼진다. 상사폭포다. 비 온 후라 그런지 제법 수량도 많고 높이가 어림잡아 10m 정도는 되는 것 같다.

기온이 올라가면서 배낭이 점점 무거워지고 땀이 전신에 흐른다.

콧노래를 부르면서 시원한 바람과 물소리를 들으며 소나무 오솔길을 따라 쌍재를 향해 홀로 걷는다.

갑자기 한 30m 되는 곳에 멧돼지 새끼 2마리가 나타났다. 흠칫 놀라 가던 길을 멈추고 그들의 동태를 살폈다. 잠시 2마리가 나타나 모두 4마리가 길가에서 놀고 있다. 산에서 산짐승과 조우하기는 처음이다.

줄무늬가 있고 고양이만 한 것으로 보아 새끼인 것이 분명하다.

그런데 어미가 보이지 않는다. 순간 섬뜩했다. 그것이 더 불안하다. 어디에 있는지 가늠할 수 없기 때문이다. 꼼짝 않고 서서 조용히 바라보기만 했다.

새끼가 있는 어미들이 가장 난폭하고 무섭다고 한다. 보호 본능 때문에 물불을 가리지 않고 덤벼들어 잘못하면 부상을 입는다고 한다.

들은 이야기로 산에서 멧돼지를 만나면 가만히 서 있는 것이 최선의 방법이라고 한다.

멧돼지는 시력이 나빠서 가만히 서 있으면 사람을 바위나 나무로 착각하기 때문에 공격을 피할 수 있다는 것이다.

가까이 다가가 자세히 보고 싶어 한 발자국 떼려는 순간 어미 돼지가 나타났다. 섬뜩한 것이 아니라 이제는 두렵고 위협을 느낀다. 긴장하며 큰 소나무를 옆에 두고 꼼작하지 않고 서 있었다.

어미가 나를 향해 바라보는 듯한데 잠시 후 새끼들을 데리고 능선으로 사라진다.

꼼작하지 않고 서 있었던 것이 효과를 본 것 같다. 후하고 안도의 한숨을 내쉬었다.

한편으로는 촬영을 못 한 것이 못내 아쉬움으로 남는다.

그리고 다시 고개를 오르기 시작한다.

길 양옆에 자리 잡은 초소와 폐쇄된 매점을 지나니 쌍재로 이어지는 시멘트 길을 따라 고개에 올라섰다.

고개 저 아래로 수철리가 멀리 그림처럼 펼쳐있다.

예정은 수철리에서 1박을 하고 다음 코스인 수철- 어천 코스로 가는 것이다.

책자에 나와 있는 민박집을 찾았다. 세 군데 있는데 모두 문을 닫았다. 알아보니 코로나 때문에 둘레길을 찾는 사람들의 발길이 뚝 끊겨

문을 닫았다고 한다.

여기서도 코로나는 피해갈 수 없는 가 보다.

난감하고 피곤하다. 수철리에서 시내버스를 타고 산청읍으로 나가 숙박을 하고 내일 다시 이곳으로 와서 다음 장소인 어천으로 가는 방법이 있다.

해가 지려면 아직 멀었다.

나무 그늘에 앉아 쉬면 1시간 이상 기다렸다가 산청행 버스에 올랐다.

영혼의 오아시스

생의 완성이란
오직 오아시스를 찾는 행위로
오랜 시간 방황했다.

저 멀리 숲이 보이는 곳이
오아시스인가?
신기루였다.
착시 현상에 다시 길을 떠났다.

타들어 가는 갈증에
죽음을 향해 절규하듯 물었다.
진정 오아시스는 있는가.

오랜 시련 끝에 찾은
오아시스, 진정 생의 완성인가?
까딱 모를 허무함이 몰려온다.

무엇이 잘못된 것인가.
생의 완성이란
보이지만 존재하지 않는 신기루 같은 것인가.

진정한 오아시스는

오직, 내 안에

내 영혼에 존재하는 것은 아닌지.

식당 주인과 여행자

서초동 남부 남부터미널에서 오전 6시에 출발하는 진주행 첫 버스에 올랐다.

지리산 둘레길 6코스인 수철리에서 어천마을까지 14.1km를 걷기 위해서다.

경유지인 원지에서 내려 산청읍까지, 다시 수철리행 버스를 타야 한다. 원지는 대전 통영 간 고속도로가 생기면서 발전한 마을 같다. 산과 들이 조화롭게 펼쳐진 마을로 퍽 인상이 좋아 잠시 머물다 가고 싶은 곳이다.

수철리에서 걷기 시작한 시간은 10시 40분 평촌마을과 대장마을을 지난 산청 IC에서 점심을 먹기로 했다.

코로나로 2년간 중단했던 지리산 둘레 길을 다시 걷기로 한 것이다. 오래간만이다. 초가을 빛이 도는 산길을 걷는다. 홀로 하늘과 바람과 구름, 그리고 푸른 숲과 새와 물소리를 친구삼아 호젓이 걷는다.

점심시간이 지났다. 매촌면 면사무소와 농협이 있는 전형적이 면 소재지다. 이곳에서 점심을 먹기로 했다.

식당 몇 군데를 찾았으나 모두 임시휴업이라는 쪽지가 붙어있거나 폐업했다.

주민의 말에 의하면 코로나로 지리산 둘레 길을 걷는 사람이 뚝 끊어지고, 그리고 코로나로 인해 몇 개 있던 식당마저 문을 닫았다고 한다.

한 식당만 장사를 하고 있다기에 물어물어 힘들게 찾아갔다.

점심시간이 좀 지나서 그런지 손님은 별로 없었다. 중년 부인들의 모임 같은 손님과 그리고 촌로인 듯한 동네 분들이 전부다.

시선을 피해 자리에 앉았다. 메뉴판에는 몇 가지 음식이 있어 주문했는데 주인이 미안한 표정을 지으며 단 두 가지 음식만 된다고 한다.

코다리찜과 간장 게장이다. 코다리찜은 2인 이상으로 25,000원이고, 간장 게장은 12,000원이다.

비위가 약한 탓에 간장게장은 잘 먹지 않지만 선택의 여지가 없어 간장게장을 주문했다.

배는 고프고 다른 식당으로 갈 곳도 없고 해서 간장게장을 주문해 게장을 먹지 않고 딸려 나오는 다른 반찬하고 밥을 먹기로 했다.

보아하니 부부가 운영하고 있는 것 같은데, 남편이 주방에서 일하고 음식을 나르고 계산하는 것은 아내가 하는 것 같다.

게장을 물리면서 안 먹겠다고 하니 반찬 2가지를 더 갖다 준다.

전라도 음식이 다 그렇지만 딸려 나온 반찬들도 맛깔스럽고 맛있다.

믹스 커피도 잘 마시고 계산을 하려는데 주방 쪽에서 남편 되시는 분이 아내에게 음식값을 받지 말라고 한다.

아마 그 음식값 중에서 간장게장이 차지하는 비중이 큰데 간장게장을 먹지 않았으니 받지 말라는 뜻일 것이다. 그것이 손님에 대한 예의고 외지의 낯선 여행객에게 베푸는 시골 인정이라는 생각이 든다.

따듯한 말이다. 오래간만에 겪어보는 친절이다.

가슴이 뿌듯하고 아저씨와 아주머니의 마음 씀씀이가 고맙다.

그렇다고 공짜 밥을 먹을 수는 없는 일이다.

게장 대신에 다른 반찬도 주시고 밥도 잘 먹었으니 그냥 갈 수 없다고 하니 아내가 어떻게 할까 망설이는 것 같다.

받겠다, 안 받겠다 옥신각신하니 주방 쪽에서 10,000만 받으라고 한다.

따스한 인정에 고맙다는 인사를 하고 식당을 나섰다.

작은 일이지만 언제나 있을 수 있는 일은 아닌 것 같다. 두 분의 마음 씀씀이가 고맙고 좋은 이야깃거리라는 생각이 든다.

밖으로 나서니 상쾌한 바람과 초가을 햇살이 따갑다.

결실을 재촉하는 농작물에게는 더없이 좋은 날씨고, 내게는 콧노래라도 부리고 싶은 날씨다.

산청읍이 저 멀리 아득히 보인다.

가벼운 마음으로 걷기 시작했다.

아직도 가야 할 길이 많이 남았다.

지리산이 품고 있는 마을 중에서 산과 강이 아름답고 사람살이가 여유로워 낭만적인 고장 산청!

전부터 가고 싶었던 곳이다.

오늘은 산청을 지난 어천마을에서 자고 제7구간인 어천에서 경호강을 따라 운리까지 가야 하는 코스다.

진정한 친구

친구들 단체 카톡방에 실린 '섭리 그리고 지혜'라는 제목의 글을 읽었다.

삶의 지혜가 함축된 내용 중에서 특히 내가 관심을 갖게 하는 글이 있다.

친구에 관한 문장이 내 마음에 울림으로 왔기 때문이다.

"이승에 둘만 남으라고 하면
친구를 택하고
저승에 둘만 가라 해도
친구를 택합니다."

이 문장에 대해서 나는 이런 의문을 갖는다.

이승이나 저승에서 함께할 친구를 누구로 택할 것인가? 많은 친구가 있는데 그중에서 한 명을 선택한다는 것은 쉬우면서도 어려운 일이다.

함께할 사람이라면 많은 친구 중에서 자신이 진정한 친구라고 믿고 있는 친구를 선택할 것이다.

우리는 진정한 친구를 어떻게 정의한 것인가.

사람마다 진정한 친구에 대한 정의가 다 다를 것이다. 너무나 당연한 일이다.

더군다나 어떤 기준을 세워서 그 기준에 맞는 친구를 택한다 해도 그 기준이라는 것이 과연 올바른 것인가?

아마도 기준은 주관적일 수밖에 없다.

물론 그 기준에는 공통분모가 있기 마련이다. 그 공통분모만 간추린다면 좋은 친구의 정의가 나올 것이다.

어렵게 진정한 친구에 대한 정의가 내려지고 따라서 어떤 기준이 정해진다고 했을 때 과연 그 기준에 맞는 친구가 몇 명이나 있을까.

설령 그런 친구를 발견했다 해도 문제는 또 있다. 상대적으로 과연 그 친구는 나를 진정한 친구라고 생각하고 있을까.

나의 기준과 그의 기준이 서로 다르다면 서로가 진정한 친구를 찾았다고 말할 수 없다.

그렇다면 결국 내가 찾고 있는 진정한 친구는 과연 있을까 하는 의문이 든다.

물론 이 글을 쓴 이가 친구가 삶에 있어서 나 다음으로 중요하다는 것을 강조하고자 한 말이라는 것을 모르는 바는 아니다. 실제로 그런 사람들의 일화가 있기도 하다.

진정한 친구를 찾고 그 관계를 유지하기 위해서 글쓴이의 다음 말을 마음에 새겨둘 만하다.

어쩌면 진정한 친구란 서로 간에 이런 관계 속에서 만들어지는 것이 아닌가?

"친구라서
이래도 되고

저래도 되는 게 아니라

친구라서
이래선 안 되고
저래선 안 된다는 것을
명심해야 합니다."

진정한 친구란 이런 마음 자세로 상대방을 대했을 때 형성되는 것이
아닌가.
친한 친구이기 때문에 이렇게 해도 저렇게 해도 친구니까 이해해 줄
것이라는 생각에 함부로 대하는 태도는 친구의 존엄성을 무시하는
지나친 자기중심적이고 인격 모독적이다.
친구를 존중하는 의미에서 이래선 안 되고 저래선 안 된다는 기준은
친구 사귐에 있어서 반드시 지켜야 할 덕목임을 잊어서는 안 된다.

진정한 친구이기 때문에 더욱 언행을 조심해야 한다. 특히 마음의 상
처는 가족이나 가장 가까운 사람한테 받는다는 사실을 알고 있다면.
특히 친구 관계에서 상대방의 자존심과 자존감에 상처를 주는 언행
은 지극히 삼가야 한다.
단순한 친구에서 좋은 친구로 더 나아가 진정한 친구를 원한다면, 나
자신이 상대방에게 진정한 친구가 되는 것이 무엇보다도 중요하다.

북유럽여행

마지막 해외여행을 한 지 7~8년,

스페인 산티아고 순례 길을 계획했으나 40일간 800km의 장기간 여행은 체력의 한계를 느껴 포기했다.

왠지 허전한 감이 들어서 어디를 갈까 하다가 마침 홈쇼핑에서 북유럽 4개국 여행 상품을 보고 신청해서 출발하게 되었다.

바이킹의 후예들이 살고 있는 노르웨이 덴마크 스웨덴과 조금은 다른 역사와 문화를 갖고 있는 핀란드 등 4개국이다. 이번 여행도 bucket list 하나를 완성하는 것이다.

프랑크푸르트를 경유해 동화의 나라 덴마크 코펜하겐에 도착했다.

유람선에서 바라본 주변의 건물들이 모두 동화적이었고, 무척 색다르게 느껴졌다. 바다에 정박 중인 여왕의 배를 바라보며 이곳에 내가 서 있다는 사실이 조금은 감동적이었다.

그렇지만 일행의 모든 관심사는 안데르센의 동화에 나오는 인어공주다.

인어공주 앞에 섰다. 많은 사람들의 시선이 집중되는 인어공주를 보는 순간 나의 기대가 너무 쉽게 무너졌다. 물론 사진이나 동영상을 자주 봐왔기 때문에 신비감이 떨어지기도 했지만 그래도 이곳에서의 인어공주에 대한 인상은 곧 실망감으로 변했다.

노르웨이 하면 생각나는 것은 리아스식 해안과 대조되는 피요르드 해안, 자연과 고향을 사랑했던 작곡가 에드바르드 그리그, 희곡작가

입센, 추상표현주의 화가 뭉크.

스웨덴에서는 노벨상의 노벨, 핀란드는 국민음악파인 장 시벨리우스와 3나라와 달리 인종적(핀족)으로 차이가 있지만, 문화적으로는 유럽의 문화를 갖고 있다는 점에 관심이 갔다. 물론 기후적 지형적인 차이도 있다.

특히 그리그의 피아노 협주곡과 시벨리우스의 교향시 핀란디아를 자주 듣는 나로서는 관심이 가는 지역이다.

그렇지만 이번 북유럽 여행은 많은 아쉬움을 안고 떠난다.

북유럽을 간다면 북극해에 위치한 노르웨이나 스웨덴, 핀란드의 북극해의 빙하와 오로라를 보기 위해서 가는 여행이어야 한다는 것이 내 생각이다.

물론 노르웨이의 피요르드를 보고 핀란드 국민들은 핀란드라는 명칭보다 수오미(suomi 호수의 나라)로 불리기를 더 원할 만큼 수많은 빙하호를 찾고 극지방에서 순록을 따라 이동하며 생활하는 사미 족과 사모예드 족의 생활상을 경험하는 그런 여행을 해야 한다.

물론 핀란드식 사우나를 해 보는 것도 북유럽 여행의 즐거움이다.

늘 가고 싶어 했던 노르웨이의 송네 피요르드와 제2의 도시이며 그리그의 고향인 베르겐, 그리고 북극해 중에서는 가장 큰 도시 함메르베스트를 갈 수 없다는 것과, 무엇보다 오로라를 볼 수 없다는 것이 가장 큰 아쉬움으로 남는 여행이 될 것 같다.

핀란드를 제외한 국가들은 서부 유럽과 인종적, 문화적으로 유사한 지역이기 때문에 지형과 기후에 특별한 관심이 없다면 복지국가라는 것 외에는 평범한 여행일 수밖에 없는 지역이다.

어찌 보면 이번 여행은 4나라의 수도를 방문하는 것이 전부인 것 같다. 그렇다고 전혀 무의미한 여행이라는 말은 아니다.

노르웨이에서는 달스니바 전망대에서 눈 덮인 웅장한 산악미를 보고, 그리고 게이랑에르에서 출발 피요르드 해안을 따라 많은 폭포와 깎아지른 듯한 칼벼랑을 감상하며 할쉬트까지의 유람선 여행은 이번 여행 중 가장 인상적이었다.

그리고 할쉬트의 호텔은 그 어는 호텔보다 자연경관이 아름다워 며칠 머물고 싶은 충동을 자아낸다.

푸르고 투명한 물속에 비치는 하늘과 산, 곱게 다듬은 잔디밭과 가로등 화려하거나 요란하지 않고 다소곳한 여인의 모습처럼 단아하다.

스웨덴에서는 노벨상 시상식장과 시청사를 둘러보았다.

처음 알게 된 것은 노벨평화상은 노르웨이 평화상 위원회에서 선정되고 시상된다는 것이다.

그 이유는 노벨의 유언 때문이라고 한다. 시상식이 끝나면 만찬장에는 참석한다고 한다.

늦게 스톡홀름에서 크루즈선을 타고 아침에 핀란드 헬싱키에 도착했다. 배를 타고 간다는 느낌을 전혀 받지 못했다. 육지의 어느 호텔에

투숙한 것처럼 흔들림이 전혀 없다.

헬싱키는 스톡홀름과 달리 좀 더 평화스럽다는 인상을 받았다. 잘 정돈되고 안정감을 주는 건물들과 거리들, 그리고 상점들이 그랬다. 교향시 핀란디아의 작곡가이며 핀란드의 국민파 음악가인 시벨리우스의 기념관과 그의 두상이 인상적이었다.

광장에 있는 크고 멋스러운 카페에서 일행들과 함께 대화를 나무며 10일간의 북유럽 여행을 마무리했다.

9일 동안 4나라를 방문한다는 것은 아무리 생각해도 이해가 가지 않는 여행이지만 그것이 우리의 여행 스타일이라면 이해 못 할 바도 아니다.

처음 대하는 지형과 기후, 낯선 일행들과 어울려 부담 없이 대화를 나누며 처음 대하는 그곳의 음식들, 무엇보다도 들뜬 마음으로 여행을 준비하고 그 모든 과정이 진정 여행이 주는 즐거움이 아닐까.

북유럽 여행은 또 다른 의미로 내 여행기에 중요한 기록으로 남을 것이다.

이화리 농장을 떠나며

아침 5시에 아들과 함께 이화리 농장에 갔다.

일요일인 데다 이른 새벽이라 도로는 한산하다.

어떻게 변했을까?

매매계약 당시 전해에 심은 양파와 마늘은 올해 내가 수확하기로 해서 오늘 일찍 농장에 온 것이다.

농장 주인은 외출했는지 농장은 텅 빈 상태다.

고심, 고심 끝에 농장을 넘기고 난 후 오늘 처음 가니 약 4개월 만에 가는 길이다.

농사에 관심이 있고 경험도 있는 분이라 농장을 잘 가꿀 것이라고 기대했다.

60대 초반이고 나와 취향이 비슷한 분 같아서 다행이라고 생각했다.

그러나 기대와는 달리 조금은 실망스러웠다.

장미와 포도나무를 비롯해 반드시 전지를 해야 할 나무들이 그대로 있다.

가지치기를 하지 않으면 좋은 열매가 열리지 않는다.

잔디밭에다 정자를 지었다. 탁 트인 앞을 막아 좀 답답하게 느껴졌다.

잔디밭은 그대로 살렸으면 더 정원다운 멋을 살릴 수 있었을 텐데 하는 아쉬움이 남는다.

내가 정자를 만들려고 준비한 땅에 짓는 것이 여러모로 좋았을 것이라는 나만의 생각을 해 본다.

뒷밭은 잡초로 뒤덮여 있고 비닐하우스에 잡다한 물건과 농기구들이 방치된 채 어지럽게 놓여 있다.

대봉 감나무는 올해 가지치기를 해야 했었는데 그대로 두어 잡풀과 칡넝쿨로 뒤덮여 있다.

매실과 자두, 사과나무는 반드시 가지치기를 해 줘야 하고 농약도 쳐야 하는데 거기까지는 손이 미치지 못한 것 같다.

마가목과 계수나무는 아주 멋있게 가지들이 커가고 있다. 보기 좋았다.

4년 된 체리는 여전히 열매를 맺지 못하고 있다. 중부지방에서는 기후관계로 꽃은 피지만 열매가 맺지 않는데도 고집스럽게 새로 심기를 몇 번을 했는지.

자작나무는 잘 뿌리를 내리지 못해 늘 안타까운 생각이 든다. 토양 관계인지 기후관계인지 잘 모르겠다.

체리와는 달리 냉대기후 지역에서 잘된다는 생각이 든다. 러시아에서 흔히 볼 수 있는 나무인데 자연에 향해 억지를 부렸는가 보다.

소나무와 반송은 작년에 나름대로 전지를 해서 시원스럽게 농장을 지키고 있다.

나는 호스를 연결해 농장에 물을 사용했는데 몇 군데 수도가 설치되어 있어 물 사용하기가 편리하게 된 점은 큰 변화라면 변화다.

마늘과 양파 강낭콩은 장마철에 접어들기 전에 수확을 해야 한다. 긴 장마 비에 썩기 때문이다. 잡초를 걷어내고 양파와 마늘은 캐냈다. 생각보다는 알이 실했다.

그분이 이렇게 농장에 소홀하게 된 것은 농장 아래에 있던 논을 새로 구입해서 밭으로 만들고 여러 농작물을 심다 보니 미처 손길이 부족했던 것 같다.

수확을 끝내고 다시 한 번 농장을 천천히 거닐어 본다. 언제 다시 이곳을 찾게 될까?

정년 후 매주 3, 4일은 농장에 딸린 옛 가옥에서 생활했으니 모든 것이 눈에 익다.

그것이 더욱 마음을 아프게 한다.

20여 년간 땀과 열정을 쏟아 정성스럽게 가꾼 농장인데 조금은 방치된 것 같은 생각이 들어 아쉬움이 남지만 이미 내 손을 떠났으니 내가 할 수 있는 일은 아무것도 없다.

농장 주인인 그분의 취향대로 새롭게 가꿀 것이다. 너무나 당연한 일이다.

어쩌면 내가 한 그루씩 심었던 유실수는 다 뽑아 버리고 그분의 좋아하는 나무로 전부 대체할지도 모른다.

내가 그랬듯이 그분도 아마 몇 번의 시행착오는 피할 수 없겠다는 생각을 해 본다.

구름 사이로 여객기가 흰 날개를 반짝이며 공항을 향해 비행하고 있다.

농장에서 일할 때 비행기 소리가 들리면 일손을 멈추고 멀리 떠나고 싶은 충동을 수없이 받곤 했는데 이젠 옛이야기로 기억 속에나 남아 있을 뿐이다.

정오가 가까워 오자 기온이 올라간다. 아들 녀석의 이마에 땀이 송골송골 맺혀있다.

앞산에서 뻐꾸기가 울고 이름 모를 새들이 이따금씩 날아든다.

혹시 내가 언젠가 이곳 농장을 다시 찾았을 때, 좀 더 아름다운 농장으로 가꾸어져 있기를 바라는 마음을 안고 집으로 향했다.

오늘에 뛰어들다

폭염에
하릴없이 가을을 기다리고
혹한에는.
봄을 상상하면서.
이런 막연한 기다림에.
속절없이 오늘의 시간을 소비한다.

계절에 뛰어들지 못하고
번번이 피하다 보니
여름도 겨울도 아닌 계절을 산다.

시련은 생을 떠받치는 자연의 의지인데

이제 미망에서 벗어나라.
혹한과 폭염을 피하지 말고
용기 있게
오늘의 계절에 뛰어들어 맞서라.

후회 없이
온몸으로 여름을 뜨겁게 불태우고

겨울은 승화된 열정으로
기다림을 접고 계절에 맞서라.

승리는 너의 것인데.

알 수 없는 길

갈바람에
새들이 떠나기 시작하면

가을은 깊어가고
강물은 산을 내려간다.

산사의 추녀 끝, 달빛에
사라지는 것과 남겨진 것들
사이로

시간이 하염없이 내리면
나는 어디로 가야 할지
잠시 길을 잃는다.

이미 누구나 알고 있고
누구도 가 본 적이 없는
그 길을.

갈 곳을 알지 못해
어디에나 있고

어디에도 없는 길을 찾아

시간을 홀로 보내고
'길 없는 길'을 따라 걷는다.

말러 교향곡 5번 4악장

어제는

늦은 시간에

「헤어질 결심」을 보았다.

2022년 칸 영화제에서 박찬욱 감독이 감독상을 수상한 작품으로 개봉 전부터 많은 관심을 불러일으킨 영화다.

평일이며 늦은 시간인데도 개봉 첫날이라 그런지 의외로 관객이 많은 편이다.

늘 그렇지만 젊은 사람들이 대부분이고 중년의 여인들도 많은 것 같다.

오늘따라 대사를 따라가지 못해 가끔 놓치기도 한다. 전에 없던 일이라 놀라기도 하지만, 그래도 영화 보기에는 큰 무리가 없다고 나 자신을 위로한다.

왜 그럴까?

아직 그럴 나이가 아니라고 부정해 보지만 어쩔 수 없는 나이 듦의 현상이다.

동년배의 친구들도 나와 같은 말을 한다. 분명 나이 탓이리라.

이런 생각이 들자 갑자기 주위가 쓸쓸해진다.

몸에 이상이 생기거나 아프면 먼저 병원에 가야겠다는 생각보다는 나이 듦의 원인으로 돌린다.

의사들한테서도 이런 말을 종종 듣기도 하지만 때에 따라서는 무심히 넘기기도 한다.

영화관을 나섰다.

무거운 주제가 무겁게 진행되고 무겁게 끝맺는다.

아가씨 이후로 6년 만에 나온 11번째 장편영화로 산에서 벌어진 변사 사건을 수사하게 된 형사가 사망자의 아내와 만난 후 의심과 관심을 동시에 느끼며 시작되는 멜로, 서스펜스 미스터리 영화다.

상가나 빌딩에서 나오는 빛이 하나둘 꺼지기 시작한다. 밤이 깊어갈수록 어둠이 짙어진다.

인적이 드문 밤거리를 걸으며 내 취향에 맞지 않는 영화라는 생각이 든다.

몇 년 전과 달리 지금은 디어 헌터(dear hunter)와 같이 주제가 무거운 영화보다는 마음에 부담되지 않는 해피엔딩의 영화가 좋다.

프랑스 영화보다는 미국 영화가 그런 면에서는 편안하다.

예를 들면, 톰 행크스와 맥 라이언의 「시애틀의 잠 못 이루는 밤」과 같은 영화 또는 휴 그랜트와 줄리안 로보츠의 「노팅힐」 같은 영화다.

달콤 쌉쌀한 영화가 좋다. 그러지 않아도 세상살이가 팍팍하고 힘든데 영화마저 그러면 이중으로 고통을 받는 것 같아서다.

아니면 실화를 바탕으로 한 시련과 고난을 극복하고 성공한 인간승리의 영화가 감동을 준다.

영화에서 기억나는 건 영화의 중심이 되는 시나리오의 전개가 짜임새가 있어 지루하지 않다는 것이다.

산, 바다, 안개 그리고 말러 교향곡 5번 4악장이 여운을 남긴다.
영화평 후기를 읽고 유튜브에서 미리 청취한 곡이다.
지루할 만큼 서정적이다.
그렇지만 영화를 위한 탁월한 음악 선정이라는 생각이 든다.
음악이 영화에서 차지하는 비중이 무엇보다 크다는 생각을 한다. 때로 영화 자체보다 음악이 더 유명해지거나 생명력이 길다.
존 T 윌리암스나 엔니오 모리꼬내 같은 작곡가의 음악이 특히 그렇다.
지금 영화의 잔상들을 소환해 유튜브에서 4악장을 듣고 있다.
탕웨이의 얼굴이 잠시 나타났다 사라진다.
마음이 허해서일까.
피식 웃음이 난다.
음악이 끝났다.
오늘 하루도 이렇게 끝나가고 있다.

외출

오래간만에 외출을 하였습니다.
바람과 빛의 조화가 따뜻합니다.
미안함과 설렘으로
떠나는 여행, 북유럽 4개국

어딘가를 가야 했습니다.
그래야만 했습니다.
북쪽이든 남쪽이든

무엇을 구하려?
빛바랜 내 꿈의 잔해들을 주섬주섬 모으는
나를 발견하기 위해서랍니다.
그렇게 말하고 싶습니다.

떠나기 전 내내 나를 힘들게 했던
아내의 환영
미안함은 잠시 잊기로 했습니다.
그래서 또 미안합니다.

낯선 산하와 바다

그리고 그곳 사람들과의 만남이
언제나 감동으로 다가오는 여행.

떠남이
그토록 오늘을 사는
생존의 힘인 것을
확인하기 위해서 길을 떠났습니다.

10월의 보름달

10월 13일, 오후 7시

이제 농장 일을 마무리하고 집으로 돌아가야 할 시간이다.

비록 몸은 피곤하지만 마음은 그 어느 때보다 가볍고 상쾌하다.

농사일을 마치고 집으로 돌아가는 농부들의 마음이 이런 것이리라.

힘들인 만큼 달라지는 농장의 변화에 스스로 만족하고 자랑스럽다
고 생각한다.

한기를 느낄 정도로 쾌청한 10월 한낮, 조금은 뜨거웠던 태양이 붉
게 물들어가고 있다.

벼 이삭 사이로 반사되듯 일렁이는 빛과 숲속에 붉게 스며드는 빛,
노랗게 물들어가는 들녘의 빛.

이렇게 빛의 향연이 지금 이곳에 말없이 벌어지고 있다.

해가 뜰 때의 찬란함이 가슴을 벅차게 하고 몸에 생명력을 돌게 한
다면 석양빛은 언 손을 따듯한 물에 담글 때 전신을 감싸는 뜻한 안
온함을 느끼게 한다.

때로는 우수가 깃든 여행자의 쓸쓸한 마음을 수수하게 하는 아픔
같은 것이 있다.

저녁 안개라도 서서히 밀려온다면 더욱 그렇다.

하루 중 가장 아름다운 순간이다.

따뜻한 커피 향이 가을바람에 흩어진다. 하루 일을 마치고 집으로
돌아가야 할 시간, 가장 행복한 순간이다. 지금 이 순간만은 나보다

더 행복한 사람이 있을까 하는 자부심도 가져본다.

나뭇잎 색깔이 조금씩 달라지고 있다. 해마다 그랬듯이 이제부터 철새들이 이곳을 지나 남으로 날아가는 모습을 감동으로 보게 되리라.

그런데 지금까지 한 번도 보지 못했던 광경에 시선이 쏠린다.

달이 참나무 가지 사이로 둥실 떠 있는 것이 아닌가.

늘 있었던 일인데 그동안 무심히 지나쳤던 것이 아닌가 한다.

팔월대보름 달보다 더 크고 더 맑고 시원하다. 둥글지만 왠지 조금은 차갑게 느껴지는 달.

가을 색깔 때문일까.

숲속 너머로 서서히 지는 해와 하늘 높이 떠오른 달, 붉고 하얗게 대비되는 해와 달, 따뜻한 빛과 창백한 달빛이 빚어내는 조화.

그 분위기가 조금은 신비하기까지 하다. 한 번도 볼 수 없었던 이 순간, 놀라움보다는 아름답다는 말로 대신하고 싶다.

아무 생각도 나지 않는다. 무상무념의 세계가 이런 것인가.

마무리하던 일을 잠시 멈추고 참나무에 기댄 채 한참이나 그냥 그렇게 서 있었다.

해가 지면 달이 뜨고 달이 지면 다시 해가 뜨는 자연의 순환 앞에 내가 함께 있다는 사실이 새삼 삶의 기쁨으로 온몸에 스며든다.

잠시나마 자연과 내가 하나가 되는 순간이라면 좀 낯간지러운 표현인가. 진정 자연의 품속에서 가만히 나를 잊고 평화롭게 서 있다.

다시 뒷마무리를 마저 하고 농장을 나섰다.

어느덧 화려한 빛을 뒤로하고 해는 저물었지만, 노을이 잠시 그 자리에 머물다 핏기 없이 사라진다.

그 뒤를 이어 어둠의 안개가 들판에 서서히 내리고 달은 그 쓸쓸한 빛을 더해가고 있다.

산과 들녘에 잦아드는 달빛에 살아있는 모든 것들이 조용히 하루를 마무리하고 있는 듯하다.

벌레와 들쥐와 새들은 다 어디로 갔으며 바람은 왜 이리 잔잔한 것인지.

이미 그들도 하루의 일은 마치고 자신들의 보금자리를 찾아들었나 보다.

밤이 주는 귀소 본능 때문인가, 어쩔 수 없이 나도 속계의 한 사람으로 돌아가야 할 시간인가 보다.

모든 생명들이 머물 곳이 있듯이 나도 달빛 속을 헤치고 내 머물 곳을 향해 길을 떠난다.

오스카 조연상

오늘 윤여정 씨가 오스카 여우조연상을 받은 것을 계기로 영화 미나리를 보았다.

작품상 후보로 추천되면서부터 많은 관심을 보인 작품으로 이 기회에 꼭 봐야겠다고 생각했다.

남우주연상 등 5개 부문에 걸쳐 노미네이트된 작품이다.

캘리포니아에서 병아리 감별사로 일하다가 America dream 실현하기 위해 남부 아칸소 주에 땅을 구입해 농장을 조성하려는 희망을 갖고 이주한 가족의 이야기다.

부부와 남매, 그리고 아이들을 돌보기 위해 한국에서 온 친정어머니를 중심으로 고난을 극복하고 정착하기까지의 과정을 그린 작품이다.

그것이 무엇이든 간에 새로운 시작과 변화는 희망과 두려움이 앞서기 마련이다.

예상하지 못했던 여러 가지 문제가 갑자기 발생하기 때문이다.

확신을 가지고 출발해도 시련이 닥치면 그 의지가 때로 흔들리며 절망감에 빠지기도 한다.

그래서 사람들은 새로운 출발이나 변화를 주저하거나 망설인다. 탐험가적인 용기와 결단, 그리고 개척 정신을 요구하기 때문이다.

또한, 계획한 대로 일이 진행되지 않을 때 실망하거나 좌절하기 일쑤다.

미래는 불확실한 것.

난관을 어떻게 극복할 것인가? 의지만 가지고 되는 일은 아닌 것 같다. 거기에는 운도 따라야 하는 불편한 진실을 우리 삶에서 종종 경험하고 있다.

운에 전적으로 의존하려는 어리석은 사람은 없다. 치밀하고 완전한 계획을 세웠다고 해서 반드시 어떤 일이 성취되는 것은 아니다.

우리 삶에서 예상할 수 없는 일들이 갑작스럽게 빈번히 나타나기 때문이다.

삼국지에서 제갈공명이 한 말, 일을 꾸미고 계획하는 것은 인간이지만 성공 여부는 하늘에 달려있다고, 인간 능력의 한계를 말하는 것은 아닌지?

어떤 일이 성공하려면 치밀한 계획과 실천 의지가 최선의 방법이라는 것은 시대를 막론하고 진리인 것만은 틀림없는 것 같다.

이 글을 쓰면서 자신을 돌아보게 된다.

이 나이가 되도록 나는 새로운 시작을 몇 번이나 했을까.

곰곰이 생각해 봐도 새로운 도전이나 시도, 분명하게 머리에 떠오르는 것이 없다.

오직 한 길로만 지금까지 살아왔다는 생각이 든다. 그 결과, 인생의 전환점이 될 만한 어떠한 변화나 시도도 없이 오직 외길만을 걸어왔다.

교육계로 출발해서 교육계에서 끝나 오늘에 이르렀다. 한 번도 출발과 다른 업종으로의 변화는 없었다. 교육계에 몸담고 있다가 정년을 했으니 참으로 단순하게 인생을 살았지 않았나 싶다.

물로 교육계 내에서의 작은 시도나 변화는 있었지만, 그것이 내 삶의 큰 전환점이 된 것은 아니었다.

왜 그랬을까. 내 적성에 맞아서 그랬을까.

그것도 부정할 수 없는 사실이지만 더 정확히 말하면 변화나 새로운 시도가 두려웠기 때문이다.

굴곡진 삶보다는 평탄하고 안전한 생활이 나에게 주어진 성정이 아니었을까.

그 외는 다른 이유가 생각나지 않는다.

굳이 말하라면 나는 어떠한 일에도 잘 적응하는 기질을 갖고 태어난 것 같다.

내 첫 출발이 교육계가 아닌 다른 분야에서 출발했어도 아마 잘 적응하며 충실하게 살았을 것이다.

따라서 내가 살아온 삶이 잘못되었다거나 후회하지 않는다.

여러 가지 새로운 시도를 하면서 삶의 변화를 주는 것도 삶을 사는 하나의 방법임에는 틀림없지만, 때로 전문성을 갖고 어느 한 가지 일에 오랫동안 전념하는 것도 좋은 삶의 한 방법이다.

그 한 예로 윤여정 씨가 바로 그런 분이시다.

오로지 배우로서 한 길만 올곧게 걸어온 그녀였기에 한국 최초로 오스카 여우조연상을 수상한 영광을 누리게 된 것이다.

삶에는 모범답안이 없다고 한다. 이렇게 사는 것만이 삶의 정도며 유일한 방법이라고 말한다면 그건 무지에서 오는 독선이고 오만이다.

진정 삶의 다양성이 우리의 인생을 아름답게 한다.

타고난 운명이라는 말로 끝맺고 싶지는 않지만 어쩔 수 없이 그 단어에 솔깃 빠져들기도 한다.

"윤여정 씨, 내가 아는 당신은 늘 도전적이었고 용기와 의지로 배우로서의 삶을 충실하게 살아온 여인이었습니다. 그것이 오늘의 당신을 있게 한 힘이었을 것입니다. 당신은 나이 들어서 더 아름답다는 말로 축하의 글을 보냅니다."

영화 더 파더

어제는 늦게 가까운 영화관을 찾았다. 코로나 이후 처음 찾은 영화관이다.

관람석은 썰렁했다.

나올 때 보니 관객은 나를 포함해 모두 4명.

허름한 내 나이 정도의 노인 한 분과 40대 초반으로 보이는 부부가 관객의 전부다.

개봉된 지 얼마 안 되는 영화인데도 사람들의 관심 밖인가 보다.

역시 코로나의 영향 때문이다.

항상 많은 사람들로 붐비고 떠들썩했는데 한산하다 못해 쓸쓸하기까지 하다.

물론 주변의 상가들도 폐업하거나 잠시 문을 닫은 상태로 썰렁하다 못해 적막감까지 든다.

많은 사람들로 떠들썩하고 붐벼야 극장을 찾는 기분이 드는데 그렇지 못하다.

영화는 더 파더(the father), 금년 오스카 작품상 후보에 추천되어 있는 5개의 작품 중 하나로, Nomad Land와 더불어 강력한 수상 후보작이다.

그리고 미국 판 치매 영화다.

치매를 앓고 있는 독거 노인인 아버지를 결혼 때문에 요양병원에 두고 떠나야만 했든 딸과 아버지의 대한 가족 간의 이야기다.

동서양을 막론하고 치매는 인간의 정신을 망가트리고 가족들에게 크나큰 고통을 안겨 주는 무서운 질병이다.

그래서 사람들은 암보다 몇 배나 더 무섭고 두려워하는 병으로 가장 슬픈 병이기도 하다.

암은 시간이 지날수록 의술의 발전으로 암에 따라서 완치도 가능하지만, 치매는 현재까지 완치가 불가능한 병으로 인식되고 있다.

암은 의식이 살아있어 가족과 사회와는 격리되지 않지만 치매는 혼자서는 일상생활은 할 수 없는 상태로 모든 것으로부터 격리되어야 하는 불치의 병이기 때문이다.

그런데 이 영화는 치매를 바라보는 시각이 우리와는 다른 것 같다.

우리는 치매 환자 보다는 간호하는 가족의 고통과 갈등이 주요 내용인 데 비해 이 영화는 병을 앓고 있는 환자에게 초점을 맞추고 있다.

요즘은 요양시설에 입원하는 것이 당연시되고 있지만, 얼마 전까지만 해도 배우자나 자식들이 간호를 해야만 했다. 우리에게 있어 가장 큰 문제는 누가 간병을 할 것이며 병원비는 어떻게 마련할 것인가를 두고 가족 간의 불화는 해결하기 힘든 문제다.

현재는 우리도 복지 차원에서 치매 환자를 위한 요양원과 병원이 있고, 그 비용의 일부를 국가가 지원하고 있으며 병원에 상주하며 돌보는 전문 간병인들도 있다.

가족들의 고통은 덜어졌지만 환자의 고통은 온전히 본인의 몫으로 남아 있다.

기억력이 오락가락하니 판단력이 흐려지고 때로는 일상과 격리된 체 폐쇄된 자신의 의식 속에서 살아야 한다는 것은 너무 비극적이다.

평범한 일상생활을 할 수 없는 것은 물론, 나를 잃어버린 행동 때문에 가족들이 겪어야 하는 육체적 정신적 고통은 이만저만이 아니다.

잠시 정상적인 상태로 돌아왔을 때 자신이 치매 환자라는 사실에 알고 난 후 환자가 받는 절망감과 슬픔은 이루 말할 수 없다고 한다.

자신이 가족들의 삶을 고통스럽게 하고 있다는 미안함과 죄책감에 때로 극단적인 생각을 하게 된다고 한다.

시간과 경제적으로 한 개인과 가족에게만 맡기기에는 질병 자체의 후유증이 너무나 크다.

치매는 한 개인이나 가족에게만 간병을 맡길 수 없다. 이럴 때 국가가 나서야 한다는 생각이 든다.

제도를 통해서 환자나 가족의 고통을 해결해 주어야 한다.

최근에 와서는 의료보험제도가 복지 차원에서 중요한 역할을 하고 있는 것 같다.

노인들에게는 누구에게나 해당하고 누구에게나 닥쳐올 수 있는 난치의 질병이다.

사랑하는 가족들도 알아볼 수 없는 상태까지 간다면 생존의 의미가 없는 죽음과 같은 것이다.

영화관을 나서면서 나 자신을 돌아보게 된다.

나이 더 들어 치매 증상이 나타난다면 요양병원 입원하는 것이 나와 모두를 위한 최선의 선택이라는 생각이 든다.

진정 이런 상태까지 오지 않기를 간절히 빌어본다.

The Father, 나의 이야기며 나의 미래를 보는 것 같아 영화관을 나서는 발걸음이 무거워진다.

그리움의 날들

비 내리고 꽃 피면
그대
생명의 심상으로

대지가 뜨겁게 타오르면
그대
정열의 표상으로

바람이 소슬하여 나뭇잎 지면
그대
이별의 애상으로

산하에 눈 내리면
그대
그리움의 대상으로

나는 몸져눕는다.

재생은 없다

아주 오래전에
죽으면
한 마리 새가 되어
하늘을 날기를 그렇게 되기를 원했다.

바람에 저항하듯
자유의 깃발을 들고
하늘, 저 높은 곳을 향해
힘차게 날개를 펼치겠다고

지금은 원하지 않는다.

언젠가
새의 죽음은
또 다른 나의 죽음인 것을
맞이하고 싶지 않다.

탄생은 오직 한 번
윤회의 어떤 모습으로 태어나든
재생은 새로운 고통일 뿐

꿈길을 가다

요즈음 그녀의 꿈을 자주 꾼다.

어디서
무엇을 하고 있을까.

분명 그곳에 있겠지
그녀가 가지 못하면 누구도 갈 수 없는
그곳에

기다리고 있을까.

그녀가 기다린다 해도
만나지 못한다.
나는 갈 수 없는 곳

헛된 소망이라도
혹시나 하는
공허한 마음에

그녀에게 갈 수 없는

짐을 짊어지고
그리움이 그토록 그리워

꿈으로의 긴 여행을 떠난다.

목탁소리와 크리스마스 캐럴

12월 24일, 크리스마스이브다.

회색의 하늘에 이따금 눈발이 보이는 가운데 캐럴송이 거리에 흩어진다.

나는 기독교인도 아니고 불자도 아니다.

그러나 나는 크리스마스 캐럴을 좋아하고 목탁소리도 좋아한다. 마음에 평화가 찾아들기 때문이다.

이때가 되면 비종교인은 나도 온갖 잡스러운 생각이 사라지고 평온함과 순수함이 마음 가득히 밀려온다.

목사님 설교에 때로 실소를 금치 못하고 스님의 설법에 냉소적일 때도 있다.

그분들의 말씀이 진정 진리이며 우리들의 삶에 어떤 영향을 주고 있을까.

멋진 옷을 입고 온화한 얼굴로 높은 자리에서 우리를 내려다보며 하시는 사랑과 자비의 말씀이 우리와는 어떤 관계가 있으며 우리에게 어떤 울림으로 다가와 줄까.

말씀에서 우리는 과연 마음의 평화를 얻을 수 있을까.

원죄로부터 구원을 받고 삶의 번뇌로부터 벗어날 수 있을까.

때로 우리는 십일조를, 불전 함에 보시를 함으로써 내 마음의 안정을 찾는다면 종교의 진정한 의미를 벗어난 너무 세속적이고 상업적이며 종교에 대한 모독이라는 생각이 든다.

그래서 사람들은 요즘 종교가 너무 지나치게 기복 사상에 기울어져 있지는 않은지 의심하고 있다.

미사나 법회는 교회나 절 내에서가 아니라 허름한 거리에서, 빈촌에서 장애인의 집에서 열려야 한다.

기독교인은 많아도 참된 신자가 없고, 불자는 많아도 참된 신도가 드물다는 시정의 말이 맞는다면 이건 너무 슬픈 일이 아닐까.

어쩌면 신부님, 목사님, 스님의 말씀이 우리 마음속에 캐럴이나 목탁 소리보다 큰 울림으로 다가오지 못한다면 슬프게도 나는 차라리 캐럴을 들으며 산타클로스에게 깊은 애정을 보내고 싶다.

특히 내가 좋아하는 곡은 물론 많은 사람들도 그렇지만 「고요한 밤 거룩한 밤(silent night, holy night)」이다. 오스트리아의 모로 신부 작사, 프란츠 그뤼버가 작곡한 이 곡은 종교를 떠나 누구나 쉽게 배우고 부를 수 있는 캐럴이다.

따뜻한 곡이다. 특히 눈 내리는 밤에 이 곡을 듣고 있으면 그 누구의 말보다 마음이 평화롭고 모든 사람에게 감사하다는 말을 전하고 싶어진다.

아기 예수의 탄생보다 산타클로스의 말과 행동이 우리의 마음을 평화롭게 한다면 성탄의 의미는 크게 퇴색될 것이다.

예수의 탄생과 부처님의 오심이 오늘을 사는 우리에게 그 거룩한 뜻을 얼마만큼 이해하고 있으며 충실하게 살고 있는가를 조용히 반성해 본다.

아기 예수의 탄생을 기리는 일보다 산타클로스를 기다리는 사람들이 점점 많아지고 있다는 오늘의 현실을 비종교인으로서 나는 어떻게 해석해야 할까.

여기저기 스님과 목사님들의 말씀은 경내에 가득한데 밖의 현실은 어떤가.

그래서 우리는 교회 안의 나와 밖의 나, 법당 안의 나와 밖의 내가 서로 다르게 행동한다면 진정 종교란 무엇인가 하는 의구심이 든다.

이는 참으로 슬픈 일이다.

말씀이 아닌 캐럴과 목탁소리에 소리에만 귀 기울인다면 원죄와 번뇌로부터 벗어나기란 불가능할지도 모른다.

교회가 아닌 산상에서, 법당이 아닌 보리수 밑에서 진리를 전하는 소리에 귀를 기울일 때가 바로 지금이 이라는 생각이 든다.

그분들의 탄생에 진정한 의미를 받들기에 우린 너무 타락한 것이 아닌가.

예수와 석가 님을 찾아 우리는 길을 떠나야 한다.

그분들이 오시기를 기다리지 말고 적극적으로 우리가 다가가야 한다.

마음의 평화와 안정을 캐럴에서, 목탁소리에서 찾는 오늘의 현실을 안타까워하면서도 많은 종교지도자들이 어디선가 사랑과 자비를 몸소 실천하고 있으리라는 기대를 나는 잃지 않고 있다.

구약의 '소돔'과 '고모라'를 기억하는 우리라면 참된 종교지도자뿐만 아니라 단 한 명의 진실한 신자와 신도가 어디선가 소외된 이웃과 자신을 위해서 참된 신앙의 길을 가고 있으리라 믿고 있다.

아기 예수의 탄생과 석가모니의 오심을 의미를 깨닫고 사랑과 자비가 온 누리에 가득하기를 빌어본다.

보니 엠의 바빌로니아

카톡으로 친구가 보낸
디스코 풍의 팝
Boney M의 by Rivers of Babylon
한글 가사 자막을 읽는다.

기원전 유대 왕국의 멸망과
바빌론의 나부코에게
포로가 된 유대인들의 삶
베르디의 오페라 나부코 중에 나오는 아리아
「노예들의 합창」과 오버랩된다.

춤, 나는 박자에 대한 관념이 없는 춤치,
멋대로 리듬은 타며 몸을 맡긴다.
음악이 끝났다.
몸과 마음이 가볍고
심장이 조금은 따뜻해지는 듯하다.

거울을 보고 다시 리듬을 탄다.
거울 속, 나는 보이지 않고
낯선 노인이

어울리지 않은 몸짓으로 몸을 흔들고 있다.

누군가
이 모습을 지켜봤다면?
나도 멋쩍게 웃는다.

시계는 밤 11시 10분
불을 끄고 어둠 속에 나를 찾는다.
어디서 찾지?
요즈음 부쩍 어둠이 무서워질 때가 있다.

죽음도 꿈이 될 수 있을까

펴 낸 날 2024년 12월 6일

지 은 이 이정홍
펴 낸 이 이기성
기획편집 윤가영, 이지희, 서해주
표지디자인 윤가영
책임마케팅 강보현, 김성욱
펴 낸 곳 도서출판 생각나눔
출판등록 제 2018-000288호
주   소 경기도 고양시 덕양구 청초로 66, 덕은리버워크 B동 1708, 1709호
전   화 02-325-5100
팩   스 02-325-5101
홈페이지 www.생각나눔.kr
이 메 일 bookmain@think-book.com

• 책값은 표지 뒷면에 표기되어 있습니다.
  ISBN 979-11-7048-807-1(03810)